スケートラットに喝采を

樹島千草

集英社文庫

スケートラットに喝采を

1

新幹線が好きだった。

一度乗ってしまえば、目的地に着くまで止まらない。車窓から見る景色は飛ぶように流れ、まるで自分が最速を誇る獣になったかのような錯覚を起こす。

早く、速く、もっと速く。

この先に行けば、きっとすごい景色が見られる。きっとすごい体験ができる。その期待が肺を満たし、血に溶けて全身を駆け巡る。

パチパチと、バチバチと。

興奮して視界に光の花が咲くようだ。

そのためなら何でもできる。どんなことでも怖くない。

今ならわかる。子供の頃、新幹線を好んだのは、「コレ」を連想させたからだ。

自分の血に、身体《からだ》に、一番なじむスピード。求めていたのは、この最高の――。

「う、わ……っ」

スッと重心を落とした瞬間、足下に衝撃が走り、春原爽羽《はるはらそう》は悲鳴を上げた。極上の夢を見ていた多幸感がはじけ飛び、緊張で身体がこわばる。

ぐらりと重心が崩れ、視界が揺らいだ。目の前に迫るコンクリートの壁は恐怖の象徴だ。このまま顔面から激突すれば、鼻を折るか、歯を折るか。

とっさに手を前に出しかけたが、爽羽はギリギリで思いとどまった。

ここはランページ《ランプ》と呼ばれるスケートボードの巨大セクションだ。U字型の斜面《アール》は垂直に近く、勢いよく滑り降りたためにスピードも出ている。

顔面を打つのは論外だが、手を突き出すのもまずい。手を出したところでこの勢いは殺し切れず、腕を折りかねない。

体勢を立て直すことは不可能。とはいえ、顔面も両腕も犠牲にはできない。

ならば、と爽羽は崩れかけた上体だけを強引に起こした。無茶な行動に抗議するように、腹筋と背筋がビキビキと音を立てる。

「ぐ、うっ！」

身体を反らしニーパッドをつけた膝を斜面に思い切り叩《たた》きつけた。激しい衝撃によってバウンドした身体をすかさず反転させ、背中から斜面に激突する。

「かはっ」

激しい衝撃で、一瞬呼吸が止まった。そのまま勢いよく一度跳ね、力を失った身体がズザッと音を立てて斜面を滑り落ちる。

「は……は、は……ごほっ」

浅い呼吸が喉を削るような鋭さで口からあふれ、すぐに咳《せき》に変わった。亀のようにうずくまり、激しく咳《せ》き込む。肺と背中が同時に痛み、目尻に涙が浮かんだ。

（今、何が）

起きたのか。

状況が理解できない。

混乱したまま、なんとか周囲を見回すと、少し離れたところにスケートボードが二つ転がっていた。一つは爽羽のものだが、もう一つは見覚えがない。爽羽のボードはコンクリートの壁に叩きつけられたのか、デッキと呼ばれる板の部分に深い亀裂が入っていた。

「イエア、ナーリートリイイイック！」

不意に、背後から盛大な口笛と歓声が沸いた。

日焼けした四十代の男性を中央に据え、周囲を何人かの男性が囲んでいる。四十代の男は光沢のある高級スーツを着ていたが、取り巻きたちは全員二十代と思われ、パーカの上にコーチジャケットを羽織っていた。だぼっとしたジーパンにハイカットシューズを合わせていたりと、ヒップホップミュージックを好む層を連想させるファッションだ。

違うのは、男たちがラジカセの代わりにスケートボードを持っている点だろうか。

（まさか今のってアイツらが）

転倒した相手を「イカした技《ナーリートリック》」とはやし立てる男たちを見て、爽羽は青ざめた。

今、自分は妨害を受けたのだ。ランプを直滑降した直後を狙い澄まし、誰かが自分のボードをボウリングの球のように滑らせたのだろう。

これはルール違反というだけではなく、悪質かつ危険な行為だ。両肘や膝はプロテクターで保護し、ヘルメットをかぶっているとはいえ、下手すれば大事故につながる。

「おら、代われ代われ。一回転んだら交代すんだよ、見かけ倒し《ポーザー》が」

立ちすくんだ爽羽を押しのけ、男たちの一人がランプに入った。

慣れているのか、彼はプラットフォームと呼ばれるU字ランプの上に作られた平らな足場に上がり、ためらうことなくボードに乗ったまま斜面を滑り降りる。ほぼ垂直に近い傾斜角にひるまない辺り、彼はこの施設の常連なのだろう。仲間たちも先ほど爽羽を妨害したことなど忘れたように、彼に好意的な歓声を送っている。

その和気藹々《わきあいあい》とした雰囲気に、爽羽だけが乗れずにいた。辺りに響く声援も車輪《ウィール》の音も、まるで現実感を伴わない。

「……竜玄《りゅうげん》さん、どういうことですか」

爽羽は壊れた自分のボードを拾い、四十代の男に近づいた。冷静になろうと必死で自分に言い聞かせるも、先ほどの恐怖と動揺で声と足が同時に震えそうになる。

「ここじゃ、ああいうことを普通にやるんですか」

「うん？」

「下手したら死にますよ。そんなことになったらギガントニオの評判が……！」

川尻《かわじり》竜玄はこの施設の代表者だ。使用する際のルールや利用料金を決める権限がある。

だが、だからと言って、自由に暴力を振るっていいことにはならない。それも今日初めてこの施設を訪れた、自分より二回りも年下の相手に。

震える爽羽をあざ笑うように、竜玄は目を細めた。

「君は自分のミスをパークのせいにするのか？」

「それはどういう……」

「今のは君が初めてランプで滑ろうとし、失敗して転倒しただけだろう。無謀なチャレンジはやめて、どこか別のパークのミニランプで練習し直したほうがいい。取り返しのつかないことになってからでは遅いのだから」

「……………」

「君に、このパークは早すぎた。もう少し上達してから来たまえ。……ああ、今日のことは、ここにいる全員が証人だ。どこでわめこうと一向に構わんが、悪質な場合は法的に対処するからそのつもりで」

いい。

爽羽ではとても手が出ないような高級スーツに身を包みながら、弱者を笑う下卑た嗜《し》虐心《ぎゃくしん》をのぞかせる。竜玄の醜悪さに爽羽は思わず顔を背けた。気圧《けお》されたと言ってもいい。

――これは脅しだ。

今、起きたことを誰に言おうが隠蔽すると言われたのだろう。自分の仲間たちを証人に立て、有利な証言を捏造《ねつぞう》する、とも。

爽羽が大怪我《おおけが》をしていれば警察が動いてくれたかもしれないが、それを回避した今、騒いでもどうにもならないことは明らかだった。

「帰ります」

上達したら来い、と言われたが、何をもって「上達した」と見なすかは竜玄次第だ。これは出入り禁止を命じられたのと同じこと。

むろん利用料は払っているのだから使わせろ、と言い張ることは可能だが、もしまた同じように妨害されたら、その時こそ大怪我をするかもしれなかった。それで一生スケボーに乗れなくなったら、悔やんでも悔やみ切れない。

爽羽は重い足取りで竜玄の脇をすり抜け、出入り口に向かった。そこかしこから視線を感じたが、目を向けると、誰もが慌てて目をそらす。その閉塞感で息が詰まりそうだ。最後にぐるりと室内を見回した。

バスケットボールのコートが二面は取れる広々とした屋内に、大小いくつもの障害物が置いてある。町にある坂を模した場所、階段や手すり、花壇の縁に似た突起物。そしてひときわ目立つところに高さ四メートルを超す巨大なU字型の建造物。

……その全てが憧れだった。この街の存在を知ってから、ここに来たくてたまらなかった。

それがまさか、こんな場所だったとは。

大きくため息をつき、爽羽は一人、外に出た。

からっとした熱い風が吹き付けてくる。雲一つない快晴だ。

少し前ならこんな天気の日には、幼馴染《おさなじ》みたちと連れ立って海に行った。炎天下で熱された海は波打ち際でぬるくなっており、沖に向かう途中で突然冷えた海流と絡み合う。その温度差が好きだった。気心知れた者たちと一緒に、くたくたになるまで遊ぶのも。

「あれからまだ十日とか……」

目の前の道を歩いていれば、すぐに通い慣れた道に出そうな気がした。そうしたらきっと、正面から幼馴染みたちが歩いてきて、爽羽に手を振ってくれる。

（そんなこと、もうないのにな）

プロテクターをつけていてもなお衝撃を殺し切れなかったようで、全身がズキズキと痛んだ。膝や背中も痛いが、身体を反転させた時に勢いよくぶつけた肘が一番ひどい。

これは明日、腫れるかもしれない。

熱を持つ肘の痛みを持て余しながら、爽羽は帰途についた。

＊　＊　＊

紅花町《べにはなちよう》は「売り」を持たない街だった。

同県には人口二十万人を超す都市や有名な避暑地、スキー場を備えた街もあるが、紅花町には何もない。かろうじて温泉は湧いているが、それを観光資源として活用できておらず、冬場は降雪量こそ多いものの、予算の関係で最新設備を搭載したスキー場は作れずにいる。山岳地帯なので山の幸は豊富だが、美食を求める人々は紅花町を素通りし、同県の観光名所を訪れた。

様々な条件が重なり、じわじわと衰退することが決まっているような街だ。

その風向きが変わったのは二十五年前。

当時十五歳の少年がスケートボード片手に単身アメリカに渡り、数々の大会《コンテスト》で存在感を見せつけたのだった。

彼の繰り出す技《トリック》はダイナミックで、チャレンジング。独創的で遊び心に満ちていた。

そして何より「笑顔」があった。

成功すれば太陽のような笑顔を見せ、失敗すれば気恥ずかしそうにはにかみ、ライバルが大技を決めれば驚きと興奮に満ちた顔で笑い、相手が失敗すれば温かい笑顔で慰めた。

彼の周りに、敵は一人もいなかった。ライバルも観客も彼にとっては全員仲間で、周囲の人々も皆、彼を愛した。

――アラタ。

スケートボードだけを武器に、その存在感を世界に知らしめた天才スケーターだ。

その後、アラタは二十歳で日本に帰ってくると、コンテストで稼いだ賞金をつぎ込み、故郷の紅花町に室内スケートパーク「ギガントニオ」を建設した。

元々地価が安かったことは確かだが、それでも高価な全面コンクリートのスケートパークを個人が作るなど普通は考えられない。だがアラタは数千万円にも及ぶ資金を惜しみなく投入し、スケーターの楽園を作ろうとした。

勝算はあったのだろう。「何もない」街、紅花町には坂があった。段差があった。アラタが有名になる前から街の若者は自然にスケボーに乗り、その文化を楽しんでいた。

そんな街に快適なスケートパークができれば、スケーターのレベルは跳ね上がる。県内外から、パークを求めて訪れる者も増えるだろう。いずれ、この街で独自のコンテストを開催すれば、それも立派な町おこしになる。

アラタが楽しげに語る夢に子供だけではなく、大人も魅了された。

ギガントニオが完成したら、大々的に宣伝しよう。街に点在する空き地も整備し、無料のスケートパークにしよう。そして第二、第三の「アラタ」を生み、世界大会に送り込めたら、紅花町はスケボーの街として知られるようになる。

誰もがその日を楽しみに、着々と準備を進めていった。

そして計画が始まってから五年が経《た》った日、ようやくギガントニオが完成した。

一体誰が想像しただろう。

パークの竣工式《しゆんこうしき》の夜、アラタが事故で他界してしまうとは——。


「そんな……どうしても無理か？」

翌日の放課後、公立紅花高校の校舎裏で爽羽は必死に訴えた。

そびえ立つ校舎とブロック塀に囲まれ、校舎裏はジメジメしていて薄暗い。唯一置いてある体育倉庫が重々しく、存在感を放ってる。

そんな倉庫を背にして、三人の男女が立っていた。三人とも逃げ出したそうな顔をしているため、爽羽のほうが加害者のようだ。

「だからさ、力になれることと無理なことがあるんだって」

「竜玄さんが気難しいって教えてておかなかった俺らも確かに悪い！　でも農民に『同じ国に住んでるんだから、王様に謁見する機会を作ってくれ』って言われても、できるわけないんよ」

「下手したら、あたしたちまで出禁食らっちゃうからさ。そうなったら、この街でスケボー続けられないし」

それはつまり「春原爽羽はもう紅花町でスケボーができない」ということだろうか。

爽羽が足下から這《は》い上がってくる不安感に震えたのを見て、三人はそわそわと視線をさまよわせた。爽羽から目を離すのも怖いが、目を合わせるのも怖い、といった態度だ。先ほど農民と国王のたとえを出されたこともあり、「罪人になった知り合いが突然訪ねてきたため、衛兵が駆けつけるまでなんとか時間を稼ごうとしている農民」のように見えてくる。

背が高く、痩せぎすな堂島《どうじま》。小柄で小回りの利く菊名《きくな》。視野が広く、姿勢のいい坂江《さかえ》。

三人とも、紅花高校のスケートボード部一年生だ。

一週間前、夏休み明けに転校してきた爽羽に対し、彼ら三人は親切だった。「スケートボードをやってます。アラタの街に来られてうれしいです！」と挨拶したからか、彼らは校内を案内してくれるばかりか、商店街や病院など、住人がよく利用する場所も教えてくれた。

ギガントニオに案内してくれたのも彼らだ。堂島たちのようなスケーターがいるなら、この学校でも、この街でもうまくやっていけると思っていたのに。

「竜玄さんさ、何でか知らないけど、昔からアラタが大っ嫌いなんだよな。同年代だから、色々あったのかもしれないけど、そんなこと聞いたら殺されそうだし」

「色々って？」

「知らねえわ。それは聞かないのがこの街のルールなの」

ため息をつく堂島に、小柄な菊名と坂江が続けた。

「だからギガントニオを『アラタのパーク』って言うの、竜玄さんの地雷なんよ。春原も噂《うわさ》くらいは聞いてるだろ？　十五年前、ギガントニオが完成した直後にアラタが事故死してさ……。一時期、ギガントニオは町営施設になるかもって言われてたけど、そこで竜玄さんが名乗りを上げたっつーか」

「今は竜玄さんが経営してるドラゴンカンパニーがパークを買い取って運営してるんだよね。毎月のメンテもやってるし……」

「そりゃ他県から来るスケーターはみんな、『アラタのパーク』って呼ぶけどさ。そういうヤツに竜玄さんは言うんだ。ここは俺のパークだ、って」

「そしたら大抵のヤツは空気読んで、『オッケイ、今はアンタのパークな！』って言うんよ。心からそう思ってるヤツはいないだろうけど、そこはご愛嬌《あいきょう》っつーか」

三人は顔を見合わせ、複雑そうな顔をした。

「ただ、そう説明されてもまだ『いや、アラタのパークだろ』って言い張ると、竜玄さんの逆鱗《げきりん》に触れるんだって。そうなったら、もうギガントニオは使えない。いや、普通に有料パークなんだから、利用料を払えば使えるよ？　でもさ」

「……言いたいことはわかる」

強引に施設を使うことはできるだろうが、その際は竜玄の仲間たちによる妨害を覚悟しなければならないのだろう。そんな緊張感の中で、スケボーを楽しめるわけがない。

「竜玄さんも、ちょっと機嫌を損ねただけだって。時間をおいて、菓子折りでも持って謝りに行ったら許してくれるさ」

「その時はちゃんと『ギガントニオは竜玄さんのパークです』って言いなよ？」

「それは」

一瞬考えたものの、爽羽は首を振った。

そこは……そこだけは譲れない。

ギガントニオはアラタがこの紅花町と、次世代のスケーターたちのために計画した夢の場所だ。確かに彼の死後、パークを維持したドラゴンカンパニーの存在はありがたいが、だからと言って竜玄のものだとは思えない。

「アラタのパークだから、スケーターたちが集まるんだ。アラタの人柄と技術に魅了されたから！　そこだけは嘘《うそ》ついちゃいけないと思って……」

「ああもう！　しつけえって！　じゃあ大人しく出禁になっとけよ！」

苛立《いらだ》ったように堂島が叫んだ。爽羽が頑固な姿勢を見せたため、今後も竜玄と揉《も》めると思ったのだろう。それに巻き込まれることを恐れるように、長身の彼は爽羽を険しい目で見下ろした。

「あれはヤダ、これもヤダ、でもこれはしてくれ、あれもしてくれって、無茶に決まってるだろ！　お前、何様よ？」

「偉ぶってるわけじゃなくて……」

「引っ越してきたなら、春原がこの街のルールにあわせろって！　それが嫌なら、元の街に帰れよ！　大体お前が竜玄さんと揉めなきゃ、こんなことには……」

「そこ、何をしている」

激高した堂島が爽羽の胸ぐらを摑《つか》んだ瞬間、静かな声が割り込んできた。

校舎の角を曲がり、しわ一つないスーツ姿で、眼鏡をかけた男性教師が歩いてくる。偶然近くを通りかかったところで、争う声を聞き、様子を見に来たようだ。

まだ二十代だが、厳格な雰囲気と能面のように変わらない表情は四、五十代の風格を漂わせている。清潔感があるというよりは潔癖なまでに汚れを寄せ付けないオーラがあった。

「うわっ、ヒカゲ……じゃない、日向《ひゅうが》先生」

「一年C組の生徒だな。喧嘩《けんか》なら職員室へ。まだ小湊《こみなと》先生も残っている。必要なら親にも連絡……」

「い……いや、大丈夫です。ちょっと雑談してただけですから！」

堂島は慌てたように爽羽から手を離し、後ずさった。菊名や坂江と視線を交わし、三人は爽羽に対してぎこちない笑みを向ける。

「じゃあな、春原。また明日」

「あ……ああ。そうだ、俺、ボードを買い換えたいんだ。暇な時にどこか、いいショップを教えてほし……」

「ああ、ああ、わかってる。明日連れてってやるよ！　じゃあな！」

詳しいことは何も聞かないまませわしなくうなずき、堂島たちは走り去っていった。

見送り、爽羽は思わず息を吐く。知らず知らずのうちに拳に力を込めていたせいか、手のひらに爪が食い込んでいた。

「何かトラブルか」

「いえ、大丈夫です」

ひやりと冷たい声をかけられ、爽羽は慌てて首を振った。本人はただ気遣ったつもりかもしれないが、抑揚がなく、温かみも欠いている声音のせいで詰問されているように感じた。

（この人、確かA組の副担任だ）

爽羽や堂島たちの一年C組ではなく、A組の副担任で数学科担当。名前は確か日向奏《かなで》といっただろうか。転校してきたばかりの爽羽が知っている程度には、生徒間で話題にのぼることの多い教師だった。

――ヒカゲにへアアイロン、パクられた……マジ死ねって感じ。

――ヒカゲのヤツ、反省文、何回書き直しさせてくんだよ、激うぜえ！

――もったいないよねえ、顔だけならイケメンなのに。

――ヒカゲの性格だと、どんなイケメンでも無理！

などなど、もっぱら生徒たちの不平不満の対象になっている。特定の生徒をひいきすることや暴力行為に及ぶことはないが、とにかく校則に厳しく、一切の例外を認めないそうだ。泣き落としも交渉も通用しないため、愛嬌を武器にして校内で存在感を発揮しているグループから蛇蝎《だかつ》のごとく嫌われていた。

日向、という名字の字面からヒナタの真逆で「ヒカゲ」とあだ名をつけられていることを本人は知っているのか、いないのか。

（知ってても、あまり気にしなそうだ）

なんとなく他人の感情には左右されない人間という印象を受ける。

「ちょっと、とあるところで揉めちゃって……。俺のほうが堂島たちに迷惑かけた感じ、です」

「警察沙汰になるようなことか」

「いえ全然！」

「転校生はただでさえ目立つ。やり返す力がない間は静かにしておきなさい」

「……はい」

　意外だった。揉めるな、ではなく、我を通したいなら力をつけろ、と言われたことが。

（みんなが言うほど、お堅い教師じゃないのかも）

むしろその逆の印象を受ける。とりあえず怒声を聞きつけて様子を見に来てくれる程度には、生徒に積極的に関わろうとしているようだ。

「気をつけます。……若干、もう遅いけど」

「お前がもし……」

「え？」

「いや、部活動がないなら帰りなさい」

　一瞬何かを言おうとしたが、結局日向はきびすを返した。後には爽羽一人が残される。

「大丈夫、だよな」

　じわっと這い上がってきた不安感を抑え、一人で小さく呟《つぶや》いた。

まだ致命的な問題は起こしていないはずだ。昨日少し失言して、ギガントニオを追い出されてしまっただけ。そしてその話をうまく説明できず、堂島たちを驚かせてしまっただけだ。

この程度のことで、紅花町に住みづらくなるはずがない。引っ越して早々、居場所がなくなってしまうわけがない。

必死で自分に言い聞かせたが翌日、

「……マジか」

放課後、教室内を見回して、爽羽はうめいた。

授業を全て消化し、賑《にぎ》やかな喧噪《けんそう》に包まれた教室内に堂島たちの姿がない。つい先ほど、授業終了のチャイムが鳴った時は自席に座っていたが、爽羽が教科書や筆記用具を片付けている間に、教室を出て行ったのだろう。

今日は彼らに紅花町にあるスケボーショップに案内してもらうはずだった。数多《あまた》あるショップの中でどこが安いのか、どこが充実した品揃《しなぞろ》えなのかは地元の人間に聞くのが一番だったのだが。

(これはもう無理ってことか)

距離を置きたい、という意思表示なのだろう。空気が読めないと言われた爽羽でもそれくらいはわかる。

　昨日も堂島たちは竜玄を相当恐れていた。彼に目をつけられたらスケボーができなくなる、とまで言っていたのだ。竜玄と揉めたというのはもしかして爽羽が考えていたよりも、ずっと「致命的」だったのかもしれない。

「ジャーマ！」

「……いっ、つ」

　その時、背後から露骨に押しのけられ、爽羽は思わずよろめいた。予想外の反応だったのか、そばで誰かが啞然《あぜん》としたのがわかる。

「わ、悪い……ちょっと肘の辺り、腫れてるから」

　腕をかばいつつも慌てて脇にどくと、今度はムッとした空気が漂ってきた。背後に、バサバサと外ハネした茶色の髪の男子生徒が立っている。小柄だが、目つきが悪い。

「確か、ええと」

「三島晶《みしまあきら》」

「ああ、ごめん、三島。まだ全員の名前、覚えてなくて。俺、春原」

「知ってるわ。転入早々の挨拶でスケボーの話しやがった迷惑野郎。スケボー人《じん》が増えたって、こっちは絶望してたトコだっつーの」

「スケボー人じゃなくて、スケーター。……三島はスケボー嫌いなのか？」

「おー、うるせーし、邪魔だし、ウゼーし、空気読めねーし、うるせーし。あんなもんに熱狂してるヤツの気がしれねーな」

うるさい、と二回言われた。よほど嫌いなのだろう。

「もう帰るのか？」

「ヒカゲんトコ。反省文、再再再提出」

苦虫を本当に噛《か》み潰しました、と言わんばかりに、三島は舌を突き出した。彼も日向に何か没収されたようだ。

それが何なのか、三島は爽羽に言わなかった。どうでもいいモノだったからではなく、多分その逆だ。

きっと、とても大事なものだったのだ。ろくに親しくもない転校生には教えたくないほど、大事に、自分の胸にしまっている。

「腕、どーした」

嫌そうな顔で三島が尋ねた。聞きたくないなら無視すればいいだろうに、難儀な男だ。

「あー……スケボーしてて、転んでぶつけた、かな」

「はっ、んなことで腕、ぶっ壊すとかバカじゃねーの？　やめちまえ」

「湿布貼っておいたら、すぐ治るって。それより三島、スケボー嫌いって言ったけど、やったことはないんだろ？　やってみないか。滑れるようになったら、絶対楽し……」

「マニアッテマス！」

訪問販売の押し売り業者を断るような捨て台詞《ぜりふ》を吐き、三島は今度こそ爽羽を残し、教室を出て行った。

三島と少し話していた間に教室内の人数はぐっと減り、もう半数近くになっていた。残っている者たちは皆、友人との会話に華を咲かせていて、爽羽には目もくれない。

……一人だな、と改めて感じた。

ギガントニオから追い出され、堂島たちからは距離を置かれ、通りすがりの三島に楽しい話題を振ることもできない……。今までずっとスケボーしかしてこなかったせいだろう。今、同年代に何が流行《はや》っているのかも自分はよくわからない。

（スケボーしか興味なかったからな……）

五歳の時、偶然アラタのスケートビデオを観《み》た。二十年以上前、海外のどこか広々としたスケートパークで滑っている映像だった。

二十年前は今のように誰もが気軽に映像を撮り、インターネットに公開することはできなかった時代だ。アラタのそれもビデオ録画され、ＶＨＳ形式で普通にショップで売られたもののようだった。

それを今、誰かがインターネットの動画配信サイトにアップロードしていた。いつでもスマートフォンで見られる利点はあるが、画質は昔のままなので粗く、手ぶれもひどい。

それでも爽羽はビデオの中で活《い》き活《い》きとボードを操るアラタに魅入られた。

彼のように滑ってみたい。彼のように飛んでみたい。

その憧れが幼い爽羽を突き動かし、今に続いている。

アラタがいたからスケートボードを始め、紅花町に憧れを抱いた。ここが、アラタの生まれ育った街だから。

アラタへの憧れを否定してしまったら、自分が滑る意味はない。意味はない、のに。

「帰るか」

憧れ続けた街は、何だか少し息苦しい。

その息苦しさを覚えてしまうことが悔しかった。

2

ジ……と布団の中で目覚まし時計が震えた瞬間、爽羽はパッと目を覚ました。外には響かないように気をつけていたが、それでも音は立てたくない。

日の出に気づくように遮光カーテンを開けっぱなしにして寝たが、まだ外は暗かった。

「五時ちょうどか」

あと少しで日が昇る。今から外出したとして、七時前に帰ってくれば、十分登校準備に間に合うだろう。

爽羽は自分のスケートボードを手に、そっと家を出た。

無地の板だ。昨日、ようやく買い換えた。この一週間、堂島たちと仲直りするきっかけを探っていたが、徹底的に避けられて、やっと諦めがついたとも言える。

新品のボードはまだ足になじまない。これればかりは徹底的に走り込んで、慣れるしかないだろう。

「滑ってたら、忘れられるしな」

息苦しさも、閉塞感も全て。

昔から、それだけは変わらない。今回も同じであることを願いつつ、爽羽は重い雲がたれこめた空を見上げた。

ひんやりとした風が首筋を撫《な》でる。潮の香りがしない乾いた風は爽羽にとって、全くなじみがないものだ。それを感じるたび、爽羽は自分がただ旅行に来ているだけ、というような感覚に陥った。

ここはたまたま立ち寄った街で、自分の帰る場所は他にあるような。自分の街に帰れば、そこにはちゃんと仲間がいて、笑顔で迎え入れてくれるような……。

そんな心許《こころもと》ない気持ちが身体の中を駆け巡る。どうやら自分でも気づいていなかったが、爽羽は意外と帰属意識が強いタチだったらしい。スケートボードは団体スポーツではないのに、不思議なものだ。

だが、納得できることでもある。

スケートボードはストイックに肉体や技術を鍛えるスポーツというより、ストリートカルチャーに根付いた遊びだ。元々は貧困と迫害の歴史の中でアイデンティティを表現しながら発展したカルチャーだが、日本に輸入された後は若者の文化として定着した。

自由に使える金が少なく、家に居場所を求めづらい若者たちが同じ境遇、同じマインドを持った仲間と集まり、寄り添い合って孤独を埋める……。彼らはストリートファッションに身を包み仲間と一体感を高め、路地裏や空き地をホームにして集まった。

時代が進み、スケートボードも知名度が上がったが、それでも根底にあるものは変わっていない気がする。

漠然と「居場所」を求める魂。

誰も見たことのない光景を見たいと願う開拓者のような衝動と、自分が帰るべき場所を強く求める子供の心が等しく爽羽の中にも共存している。

(きっとどこかにあるはずだ)

爽羽は家から離れるとスケボーに乗った。

紅花町に高層ビルはない。山が多いせいか、昔ながらの一軒家が坂道に沿って建ち並んでいる。

駅に近づくにつれ、広い車道が目立ち始めた。歩道とは別に自転車専用のラインが引かれているが、そこがスケボー専用の道路でもある。

アラタという天才スケーターのおかげか、坂の多いこの街に根付いた習慣からか、紅花町の人々はスケーターに寛容だ。街のあちこちに無料のスケートパークが作られ、街の予算で毎年、整備もされている。

そのどこかに爽羽の求める設備を備えた場所があるかもしれない。

祈るような思いで爽羽はスケボーを走らせた。

（まずは北から……）

紅花駅の前に作られた広場はいつ見ても、圧巻だ。広々とした駐車スペース以外、土産物店や喫茶店一つない場所だが、来るたびに目を奪われる。

元々人口の少ない紅花町で、駐車場が満車になることは年に何度もない。毎年、この街で大型イベントが開かれる数日だけだ。さらに早朝ともなれば、停車中のバスは一台もない。

こうした広々とした場所は本来、スケーターの遊び場になることが多い。むろん、公共の場を勝手に遊び場にすれば、住民と揉めるのは必至。だが紅花町にはすでに多数のスケートパークがあるため、ここは閑散とした落ち着きを保っているのだろう。

なんという贅沢《ぜいたく》な環境なのか。

広場を通って駅に向かうと、すぐ脇にアーケード商店街があった。日中は軽快な音楽や町内放送がかかっている商店街も、今は薄暗く静まりかえっている。

ちょうど空が白んできたため、深夜のようなおどろおどろしさはないが、それでももの寂しさは拭えない。シャッターが下りた商店がずらりと建ち並ぶ様子はゴーストタウンか、ゲームの世界に迷い込んだようだ。

そんなアーケード内を突っ切ろうとし……爽羽はふと何かに目を止めた。

目立たない一角に誰かが立っている。背格好からして男性のようだが、パーカのフードをかぶっているため、顔は見えない。爽羽には気づいていない様子で、彼はシャッターに向き合っていた。

（ジョギング中とか？　いや）

彼の足下に目を止め、爽羽はハッとした。口の開いたボストンバッグが一つ置かれているのはいい。だが彼はその中からおもむろにスプレー缶を取り上げた。目の前のシャッターはすでに黒いスプレーで、無意味な模様や卑猥《ひわい》なスラングが落書きされている。

「やめろよ！」

思わず声を上げてしまった。相手が怒って殴りかかってきたら速攻で逃げよう、と考えつつ、爽羽はなおも距離を詰めた。

「自分がやられたら、どれだけへこむか考えてみ……って、お前、三島!?」

「げっ……春原」

爽羽が駆け寄った瞬間、振り返った男が顔をしかめた。同級生の三島だ。まさか彼は今……、

「勉強に疲れたから、憂さ晴らしで落書きとか……」

「ちげーよ、バカにすんな！」

「じゃあここの店の人に怒られたから、憂さ晴らしで落書きとか？」

「ちっげーわ！」

「じゃあ、ここが三島の家で、親に怒られたから憂さ……」

「憂さ晴らしじゃねー、アートだ！」

「どこが！」

言い訳というには稚拙すぎる反論に、爽羽も売り言葉に買い言葉で言い返した。

紅花商店街にはまだ慣れておらず、三島の正面にあるのが何を扱う店なのかもわからない。だが落書きというのは嫌なものだ。やっているほうは気にしないだろうが、やられた側は心にじわっと傷を負う。

自分の所有物が汚された怒りだけではない。他人にとって自分の宝物は落書きしてもいいものなのだ、と思い知らされるのが悔しいのだ。

「……ガキの頃、そんな仲良くなかったクラスのヤツに、その時使ってたスケボーに水性ペンで落書きされた。親も教師も、別にそれくらいいいじゃないって言ったんだ。それでも俺が怒ってたら、水洗いして『ほら、落ちた』って」

あの時のことは今でもはっきりと覚えている。大人は「落ちた」と言ったが、ボードの木目にしみこんでしまったインクの跡は完璧には消えず、うっすらと残ったままだった。

大事なボードが適当に扱われた怒りと悔しさ。何よりも、自分の味方だと思っていた人たちがこの怒りを共有してくれなかったのが無性にショックだった。

両親はもう覚えていないだろうし、それ以外ではちゃんと愛情を持って育ててくれた。大好きだという気持ちは揺るがないが、それでもあの一件は今でも爽羽の心に残っている。

「今すぐ消せよ。こういうの、最低のヤツがやることだと思う」

「同感だぜ、スケボー人」

「ふざけてる場合じゃなくて」

「だから、これ書いたの、俺じゃねーって」

「へ?」

思いがけない一言に、爽羽は目をしばたたいた。目を丸くする爽羽に構わず、三島はシャカシャカとスプレー缶を振りながら、シャッターに向き直る。

その目はとても真剣で、つまらない嫌がらせで他人の店に落書きをするようには見えない。むしろ今から命綱もなしに断崖絶壁をロッククライミングしようというような、張り詰めた緊張感と興奮の気配を感じた。

「ここ、駄菓子屋なんだ。ちっせーバーさんが昔からやってて、ガキの頃から通ってた」

静かに三島が言った。

「けど歳《とし》なんだろーな。入院しちまって、もう一ヶ月くらい帰ってこねー。当然、店も閉まったままだ」

「それで誰かが落書きを……」

閉まったままのシャッターは、心ない者たちの落書き帳も同然だ。一人がふざけて落書きをしたら、それを見た別の誰かも遊び半分で後に続く。そうやって、どんどん汚されていったに違いない。

「ごめん、三島。誤解した」

「俺が格闘技とかやってなくてよかったな。……ってのはまーアレで。お前、グラフィティって知ってるか」

「……え？　ああ、ちょっとは」

グラフィティアートはスプレーなどを使い、壁に書かれた図像のことだ。主に公共のトンネルや橋、壁に書かれたものを指すが、管理者の許可を得ていない場合も多く、日本では違法行為に近い見られ方をしている。

「自分のサインを書いたものをタグ、少ない色でアウトラインだけを書いた文字をスローアップ、もっといろんな色で仕上げたやつはマスターピース《ピース》って言う。元々自分のサインを書くところから始まったんで、グラフィティはキャラクターをえがく場合も『描く』じゃなくて『書く』って漢字を使うって言われてんな。まー、コダワリってやつだ」

「へえ……ジャンルとかあるんだな。知らなかった」

「クソザコが。俺だってスケボーには興味ねーよ！」

ギラリと殺気だった目でにらまれた。どうやら何気ない一言が三島の逆鱗に触れてしまったようだ。

「た、確かに気分いいものじゃないよな。俺だって『へー、スケボーってローラースケートも含むと思ったー』とか言われた時はムッとしたし」

「ふはっ」

「スケボーはスケートボードだろ、みたいな」

数年前、地元の海で他県の人間にそう言われた時のことを思い出してしまった。

スケボーにもグラフィティ同様、いくつものスタイルがある。

街にある階段や手すり、花壇の縁や坂道といったあらゆる障害物を遊び道具にして自由に駆け回る「ストリート」、平地を踊るように滑り、技巧を極める「フリースタイル」、そしてU字型の巨大ランプを舞台に、大空に飛び出してエアトリックを決める「バーチカル」。その他、下り坂を滑るスピードや技術を競う「ダウンヒル」や、コースに並べた三角コーンの間を滑ってタイムを競う「スラローム」など、その種類は多岐にわたる。

どれか一つを選ばなければならないルールはなく、ストリートとフリースタイルを得意とする者や、平地でできることなら何でも好きな者もいる。

ただそれらの違いを一般人が知ることはほとんどないだろう。

数年前の一件も同じだった。海水浴に来たカップルに道を聞かれた時、雑談の中でスケボーの話が出たが、彼らはスケボーの知識がまるでなかった。カップルの片方がサーフィンをたしなむと聞き、「サーフィンとバーチカルってルーツが同じだよな」と親しげに返したところ、ぽかんとされてしまったものだ。

「ちょっとだけ、よう兄弟！　って感じを出した後の『は？』って反応はきつかった……」

「ぶははは、ダッセ！」

「あの時、興味ないとほんとに知らないんだなってわかって衝撃を受けたんだ。スケボーのイメージが『うるさい、危ない、怖い、迷惑』しかない人もいるし」

「すげーわかる」

「そっちだって同じだろ。グラフィティもただの落書きだって思ってる人がほとんどじゃないか」

「そりゃ、そいつらが本物を知らねーからだ」

「本物？」

三島はもう応える気がないのか、爽羽を無視してシャッターをジッと見つめていた。

何度かスプレー缶を振りはするが、一向にそれを吹き付ける様子がない。

首をかしげつつ、爽羽は三島の足下に目を向けた。何本ものスプレー缶の中に一冊、スケッチブックが置いてある。開かれていた一ページを見た瞬間、思わず目を見張った。

「何だこれ……」

躍動感あふれる、色とりどりの動物たちが書かれている。黄色のウサギや緑色のクマなど、自然界には存在しない色の動物たちは、人間のように個性豊かな笑顔を見せていた。手には様々な種類の駄菓子を持っていて、見ているだけで爽羽まで駄菓子が食べたくなってくる。

許可を得ることも忘れ、爽羽は吸い寄せられるようにスケッチブックを手に取った。パラパラとめくってみるが、書かれているのはどれもほとんど同じイラストだ。ラフスケッチが鉛筆画になり、色がつく。

途中から、動物たちの配置や表情、持っている駄菓子が少しずつ変わっていた。どの組み合わせが一番映えるのか、何度も試したのだろう。三島がこの一枚を書くために膨大な時間をかけたのが伝わってくる。

「これ、三島が？」

「おー」

「これが『本物』か……。確かにわかる。これはすごい」

熱に浮かされたように、すごいすごいと繰り返すと、三島が得意げにふふんと笑った。

口が悪い男だが、賛辞には弱いのかもしれない。

「これ、写真撮ってもいいか？」

「悪用すんなよ」

「しないって」

同じストリートカルチャーのカテゴリーに入ってはいるが、爽羽はグラフィティに関しては詳しくない。スケボー一筋で生きてきたため、他のカルチャー全般に疎い。

だが「ピース」と呼ばれるカラフルなグラフィティを手がける三島の想《おも》いはとてもなじみが深かった。ジャンルは違えど、そこにかける熱量が似ているからだろう。

「一枚書くのに、大抵スケッチブック一冊は使う」

「そうなのか」

「なかなか構図が決まらねー時は、もっと使うこともあるけどな。時間はかかるし、うまくいかねーと叫びたくなるし、書いてる時はスプレー押し続けるから指がいてーし、スプレーは金かかるし、親には理解されねーし。……でも、そーいうもんだろ。何でもよ」

「そうかも」

「だから止めんじゃねーぞ。許可はまー……アレだけど。でもこれ見たら、バーちゃんもぜってー喜ぶはずだし」

「いや、それはちゃんと確認したほうが」

口を挟んだが、爽羽の訴えを三島は無視した。

「他人のグラフィティに上書きするのは、こっちの界隈《かいわい》じゃ認められてんだ。元のやつよりうまい場合に限るけどな」

「三島」

「だから、俺が書いておけば、ここにはもー落書きされねー。バーちゃんには世話になったし、これくらいはタダでしてやろーと思ってよ」

強いまなざしだった。自分の技量ややってきたことに自信があるのだろう。

だが……気のせいだろうか。三島の声に一瞬、不安のような色がにじんだ。パキッとした明るいグラフィティに似つかわしくない彼の声は、爽羽の心にも少し不穏な影を残した。

＊　＊　＊

その日の夕方、しとしとと細かい雨が降っていた。

刷毛《はけ》で墨を薄く刷《は》いたように街は色あせ、風で雨のカーテンが揺れるたびに建物の輪郭を曖昧にしている。灰色に溶けた街にスケーターはいない。皆、ギガントニオのような屋内スケートパークに移動しているか、こういう日は大人しく部屋にこもっているのだろう。

爽羽も一人、帰途についていた。最近、学校では若干居心地が悪い。堂島たちがわかりやすく爽羽をいじめてくるわけではなく、スケーターではないクラスメイトも親切だったが、難儀なものだ。

学校にいる間だけ、その場限りの雑談をし、昼休みにともに昼食を食べるだけの間柄。親切な家主の厚意に甘え、ほんの一時軒下を貸してもらっている野良猫のような気分だ。こんな気持ちになること自体がクラスメイトに申し訳ないが、自分でもどうすればいいのかわからなかった。引っ越しも転校も初めてのことで、自分から意識して友人を作ったことがないせいかもしれない。

……早くなんとかしたい。

じりじりとした焦燥感で胸の奥が焦げそうだ。

「やめろ！　さわんじゃねーっ！」

「……ん？」

痛みを伴うほどの焦りに囚《とら》われていた時、ふと切羽詰まった悲鳴じみた声が聞こえた。ちょうど紅花商店街にさしかかった辺りだ。爽羽の家は高台にあり、紅花高校からは商店街を通らないと帰れない。今日もそちらに足を向けたのだが。

「返せ！　ふざけんな！」

「三島？」

聞き覚えのある声に、ハッとする。

三島はすぐに見つかった。例の、駄菓子屋の前にいる。

行き交う人々は皆、そちらに目を向けつつも足早に通り過ぎるか、少し離れたところで知り合い同士で固まるか、のどちらかだ。ひそひそと話している内容までは聞こえないが、眉をひそめた表情を見る限り、何かトラブルなのは間違いない。

案の定、三島は三人の警察官に囲まれていた。

ちょうど商店街を巡回していたのだろう。制服を着た警察官の一人はどこかに電話をかけており、残る二人が三島を挟むようにして立っている。

三島の足下に口を開けたボストンバッグが置かれ、中に何本ものスプレー缶が見えた。

落書きされたシャッター、何本ものスプレー缶、そして三島。

爽羽はじわりと嫌な予感を覚えた。

「なあ、大丈夫か」

思わず近づくと、三島が弾《はじ》かれたように顔を上げた。爽羽を見る目はきつく、警戒心に満ちている。

「何でもねーよ、どっか行け！」

「でもお前……」

「君、彼の知り合いか？」

警察官の一人が爽羽に声をかけた。

……三島は名乗っていないのだ。なぜなのか、嫌でも察してしまう。

「まさかお前、現行犯で……」

「まだやってねーっ！　じゃなくて俺は……っ」

「だから、許可を得ているなら学生証を見せなさいと言っているだろう」

「持ってねーっつってんだろーが！」

毛を逆立てた猫のように威嚇《いかく》する三島を前に、警察官たちも困惑気味だ。力ずくで押さえつけるわけじゃないのは、三島がまだ「未遂」だったからだろう。口の開いたボストンバッグにはたくさんのスプレー缶が入っていたが、全てきちんと収まっている。三島も手に缶を持っているわけではない。

「最近、こうした落書きが目につくと商店街の会長さんから苦情があったんだ。何軒か、閉店した店のシャッターの落書きがひどくてね。それで見回っていたんだが……」

「確認取れました」

警察官が爽羽にざっと事情を説明しかけた時、少し離れた場所にいた三人目の警察官が戻ってきた。持っていたスマホを手に、仲間たちに肩をすくめてみせる。

「こちらの駄菓子屋を営んでいるのは高崎千鶴子《たかさきちづこ》さん。今、紅花総合病院に長期入院中だそうです。店もこの一ヶ月閉めたままで、シャッターへの落書きを許可したことはないと」

「……っ」

何人もの視線が集まり、カアッと三島が頬を赤くした。電話をしていた警察官が大きなため息をつき、声を落とす。

「彼の特徴を伝えたところ、『多分、晶くんねえ。三島さんのところの』とのことです。……君、三島晶くんで間違いないか」

「……はい」

「高崎千鶴子さんからの伝言だ。『どうしてこんなことしたのかわからないけど、おばあちゃん、落書きは悲しいわ。いい子だからやめてね』とのことだ」

「…………はい」

きつく握りしめた三島の拳が震えている。先ほどまで暴れていたのが嘘のように、彼はうつむいたまま微動だにしない。

「千鶴子さんは、君を訴える気はないそうだ。シャッターを元通りにきれいにしておいてくれたら、それでいい、と」

「………」

「本来、これは犯罪行為だし、親御さんにも連絡するところなんだぞ。千鶴子さんがいい人でよかったな」

「名前がすぐに出てきたってことは、相当世話になったんだろう。全く、なんでこんなことを……」

「学校で嫌なことでもあったんだろうが、人に迷惑をかけちゃダメだ。ちゃんと落書きは消すように。明日、また見に来るからな！」

三方から厳しく諭し、警察官たちは去っていった。

三島が押し黙ったためか、離れた場所で会話する通行人たちの声も聞こえる。「嫌ねえ……。あれ、三島さんは知ってらっしゃるのかしら」「非行かしら。あんな風に騒動を起こして……」「叱れないんじゃないかしら。やっぱり父親がいないから……」——。

ざわざわと悪意と偏見に満ちたささやき声が何層にも重なる。たまたま居合わせた爽羽ですら耳障りなのだから、当事者の三島にはどれほど不快に響くだろう。

「あのさ」

何か声をかけようとしたが、何も出てこなかった。

当然だ。爽羽は三島のことを何も知らない。紅花町に二週間前に引っ越してきたばかりだし、三島と初めて話したのも一週間前だ。

三島がグラフィティのライターだということも今朝、初めて知ったし、父親不在だということも今、陰口が聞こえてきてようやく知った。

知らないことだらけだ。

それでも今の状況が無性にやるせなかった。

先ほどの警察官もざわめく通行人たちも、誰も三島の話を聞かなかった。学校で嫌なことがあったのだろう、父親がいないから非行に走ったのだろうと決めつけ、三島に行動の真意を問いただすこともしなかった。

三島は高崎千鶴子という駄菓子屋の店主を純粋に慕い、彼女のためにグラフィティを書こうとしただけだ。そのためにスケッチブック一冊が埋まるほど、何度も構図を練り直し、何日もかけて恩返しをしようとしていた。

「ちゃんと説明しないか？　ここの駄菓子屋の……高崎さんに。いい人っぽいし、三島が何をしようとしてたか説明したら、ちゃんとわかってくれ……」

「うるせーわ。死ね」

殺気だった目を爽羽に向け、三島はボストンバッグを担ぐときびすを返した。あっという間に立ち去る彼を見て、通行人の何人かが眉をひそめる。

「何だ、消していかねえのかよ」

「ああいうのがいると、こっちまで迷惑なんだよな。最近、商店街がきたねえってばあちゃんも嘆いててよ」

呆《あき》れたように吐き捨てているが、駆け寄ってきてシャッターの落書きを消そうとする者は一人もいない。彼らにとって、千鶴子の駄菓子屋はその程度の思い入れしかないのだろう。

それが悔しかった。この場に集まった者の中で、一番千鶴子のことを考えていた三島が責められ、ただ傍観していただけの彼らが秩序と正義を語っている。

だが一番腹立たしいのは、オロオロするだけで何もできなかった自分に対してだ。今、何かできることがあったのではないか。うまく立ち回り、誰も嫌な思いをせずに場を収める方法があったのではないか。

「……なんだそれ」

幼稚なヒーロー願望すぎないか、と爽羽は自分自身に呆れた。

ああしていれば、こうしていれば、と全てが終わった後で後悔してももう遅い。今、動けなかったのが全てだ。結局何もできなかったし、自分は何もしなかった。

――うるせーし、邪魔だし、ウゼーし、空気読めねーし、うるせーし。あんなもんに熱狂してるヤツの気がしれねーな。

一週間前、初めて喋《しゃべ》った時に三島からかけられた言葉を思い出した。

あの時は「スケーターは空気が読めない」と言われたが、今の自分は空気に飲まれてしまった。

この街に来てから「空気」に振り回されてばかりだ。そもそもギガントニオで竜玄の不興を買ったのも、爽羽が空気を読まなかったせいだというのに。

商店街のアーケードの外を見ると、まだ霧のような雨が降っていた。そういえば三島は傘を持っていただろうか、とどうでもいいことを考えた。

嫌なことがあった時、雨に打たれるのはさらにきつい。

せめて自分の傘を渡せばよかった、と爽羽は的外れな後悔を覚えた。

雨はその夜、上がった。

まだ雲は分厚く、星も月も見えないままだ。繁華街といえるほどの繁華街もない紅花町では雨がやんでもひとけは絶えたままで、酔客の騒ぐ声も聞こえない。その代わり、あちこちで気の早い鈴虫が鳴き始めていた。

りり、りりりり、と何匹かの虫の音が唱和する中、爽羽はそっと家を抜け出した。

両親はすでに就寝しているが、用心するに越したことはない。ずっしりと重い鞄《かばん》が音を立てないように気をつけつつ、道路に出ると同時に持っていたスケボーに飛び乗る。

片足を板に乗せたまま、空いた足で勢いよく地面を蹴ると、徐々にスピードが出始めた。

「プッシュ」はスケボーの基本だが、これが意外と難しい。両足ともボードに乗せてバランスを取るのも難しいが、プッシュする時は片足でボードに乗る瞬間が生まれるためだ。

バランスを崩しても転ぶし、ボードに勢いがつきすぎても転ぶ。転倒、転倒、また転倒。それでも幼い爽羽が根気よくプッシュを練習できたのは、スケートビデオの中でアラタがその大切さを熱心に訴えていたからだろう。

『地味だと思うだろ？　わかる！　俺もそうだった！　でもこれ、基本だから！　スケボーはエンジンなんてついてねえし、自分で進まなきゃいけないからさ。プッシュができりゃ、どこにでも行ける。空だって飛べる！　お前も練習してくれ！　最初は失敗するかもしれないけど、「できない時期」も楽しんで練習してくれ！　どっかの街角で会った時、一緒に走りてえじゃん？』

にかっと笑うアラタを見て、ふんふん、と画面のこちら側でうなずいた時のことを今でも覚えている。どんなに地味な練習だろうと、アラタが「大切だ」と言うならそうなのだろうと信じられた。

五歳で初めてビデオを観た時から、爽羽の師匠はアラタだ。爽羽が生まれた一年後にアラタは他界したが関係ない。画面の向こう側で笑うアラタを追いかけて、爽羽は今でも走っている。

十分スピードが出た頃、爽羽は両足を板に乗せた。下り坂は緩やかだが、どんどんスピードが増していく。

眼前に下り階段が見えた。段差は三段ほど。徒歩なら歩き始めの幼児でも下りられる高さだが、スケーターにとっては全身の血が沸き立つほど興奮するセクションだ。

「――っと」

テールと呼ばれるデッキの後方に一瞬、重心を移動させる。その体重移動で、進行方向を向いたデッキの前方、ノーズが軽く天を仰いだ。

下り階段の直前で前方の車輪《ウイール》が浮き、宙を舞う。そのタイミングで膝を屈《かが》め、爽羽自身もジャンプした。

「……っ」

ぶわりと浮遊感が身体を包んだ。

重力から解き放たれ、風が下から吹き上げてくる。

裾から吹き込んできた風がシャツを膨らませ、襟から走り抜けた。同時にボードも浮力を失い、重い重力が戻ってくる。だが、

「……っし！」

それを予期し、膝を柔らかく使って着地の衝撃を吸収した。

まずボードが地面に落ち、その上に爽羽自身が着地する。肩にかけたバッグの中身が

ガシャンと音を立てた。

一瞬上体が揺れたが、バランスを保って立て直す。勢いを殺すことなく階段下の道路を滑ると、ガアアッと荒々しく車輪がうなった。

この音が何よりも心地よい。

車のエンジン音がしないことを確かめつつ、爽羽は無人の道路を走った。緩やかな下り坂をすぎ、路地を曲がり、段差を飛び越え、横断歩道を渡り……やがて商店街が見えた。

深夜ということもあり、商店街は静まりかえっていた。早朝と同じように明かりも消え、一見ゴーストタウンのような異様な重圧と凄《すご》みがある。

——だが、この日は先客がいた。

うごめく影に気づき、爽羽が持ってきた懐中電灯を向けると、「彼」もまた鋭いまなざしを向けてきた。

「やっぱり来てたか、三島」

「…………」

「怒るなよ。余計な真似《まね》だったら、謝るからさ」

駄菓子屋のシャッター前でうずくまっていた三島が立ち上がる。

猥雑《わいざつ》な落書きはもうない。夕方の間に、爽羽が消した。

「こういうの、どうすれば消えるかわからなくてさ。三島が持ってた缶のデザインを伝えて、文房具屋の人に教えてもらった」

「それじゃねーよ」

「じゃあなんだよ。先に言うけど、同情したのか？　なんて聞くなよ。実際、ちょっとしたし」

「んなっ」

「あんな風に落書き犯だと決めつけられるの、俺ならすごく嫌だから。親とか関係ないし、こそこそ噂されるのも腹立ったし」

「………」

「ほっとけなかった。だから、来た」

三島は小さなバッグを一つ持っているだけだった。有機溶剤やスポンジ、タオルが入っているのだろうが、それくらいしか入りそうにない。今までならば、彼のアイデンティティを証明するように、大量のスプレー缶を収めたボストンバッグを担いでいたのに。

落書きを消すためだけに来たのだろう。

そんな彼にこの提案をしていいのかどうか、爽羽には確信が持てずにいる。それでも、

「これ」

背負っていた鞄を三島に投げる。受け止めた時の重みと、手に伝わる感触から、何が

入っているのかを察したのだろう。三島はハッと息を呑《の》んだ後、苦しそうに唇を噛んだ。

「……やめろ。俺は書きにきたんじゃねー」

「知ってる」

「ほんと、バカなことしたわ。連中からしたら、グラフィティも落書きも同じだって忘れてた」

三島は自嘲気味に笑い、アーケードの天井を仰いだ。

「喜ばれるわけねーじゃん。グラフィティが何か、散々説明した母ちゃんでさえ、イー顔しねーのに。色々見せても、『落書きはやめなさい、人に迷惑かけないで』だもんな」

「説明、ちゃんとしてたんだな」

「まー、ウチは母ちゃんだけだからな。心配かけんのは、ちょっと……つっても結局理解してもらえなくて、勝手にやってんだけど」

ひひひ、と三島は面白くもなさそうな顔で笑う。

できれば理解してほしかったが、無理だとわかった後もやめられなかったのだろう。その気持ちは爽羽にもよくわかる。

スケートボードも近隣住民の理解を得づらいし、怪我をしやすいスポーツだ。小学生の間だけ、友人同士で軽く遊ぶなら許されることが多いが、本気でやろうとすればするほど、様々な壁にぶち当たる。

——スケボーは子供の遊びだろう。

——そんなものをしている暇があったら勉強しなさい。

——どうせやるなら、もっとメジャーなスポーツにすればいいのに。

——スケボーに夢中になったところで、将来の役には立たないぞ。

——危ないから、もうやめて。いずれ取り返しのつかない怪我をしそうで怖いの。

様々なシーンで、いろんな人がいろんなことを言った。

困るのは彼らが爽羽の「敵」ではなかったことだ。

爽羽の身体を、将来を、真剣に心配してくれる人たちが、爽羽が何よりも熱中していることを否定してくる。爽羽のことを想って、爽羽のためにスケボーを取り上げようとする。

彼らには何もわかっていない、と突っぱねられたらよかった。今に見ていろ、と彼らをはねのけられる強さがあれば、もっと楽だったかもしれない。

「でも、わかるもんな」

両親が爽羽を止めようとする気持ちも、多くのスケーターが将来、スケボーで生計を立てて暮らしていけるわけではない現実も。

「完璧に理解できてるとまでは言えないけど、多分、厳しいんだろうなってのはわかる。……でも、やめられないんだよな」

走る楽しさを、あの緊張感と興奮を知ってしまったらもう戻れない。爽羽にとって、それがスケボーだっただけで、人によっては別のスポーツかもしれないし、別の趣味かもしれない。

三島にとっては、それがグラフィティだったのだろう。

これぱかりは運が悪かったと思って諦めるしかない。巡り会ってしまったのだ。今更どうしようもない。

「知らなきゃ、別の道も選べたかもしれないけど、もう遅いもんな」

「はは」

「ここで書くのをやめたとしても、グラフィティライターをやめるつもりはないだろ？」

「やめらんねーさ」

「でも俺、やっぱり今、三島のグラフィティを見たいっていうか」

「じゃあお前のボードにでも書いてやろうか」

少し苛立ったようにざらついた声で言う三島に、爽羽は苦笑した。それはそれで、とても魅力的だが。

「……紅花総合病院に、入院してる高崎千鶴子さん」

「はあ？」

「夕方、警察官が言ってただろ。本人に確認が取れたって。その時に本名と入院場所も言ってた。それがわかったら会いに行けるから」

「お前、まさか……！」

「高崎千鶴子さんから伝言。『落書きなんて言ってごめんね。とっても素敵な絵ね』……ってさ」

「……っ！」

絶句した三島に、爽羽は自分のスマホを見せた。病院のベッドに上体を起こして座る高崎千鶴子と、その隣にいる自分の写真。誰もがホッとしてしまうような柔らかい笑みを浮かべる千鶴子と対照的に、爽羽は緊張して顔がこわばっている。

「今朝ここで会った時、三島のスケッチブックを撮らせてもらっただろ。……シャッターに絵を書きたいって聞かされただけなら、やめてほしいって言う人も多いだろうけど、一度でもあの絵を見れば、絶対気が変わると思ったんだ。グラフィティ自体がクールなのは確かだけど、それだけじゃないのも伝わるから」

カラフルな動物たちが笑顔で駄菓子を頬張るグラフィティなど、この世に一枚しか存在しない。三島が、世話になった高崎千鶴子のためだけに考え抜いて作り上げたものだと見た者全員がわかるだろう。

「高崎さんもそうだった。正式に依頼したいって言ってたよ。こういうデザインの仕事はいくらなのかしらって聞かれたけど、俺も相場とかわからないから、それは後で直接相談……」

「いらねーよ、金なんて！」

三島が叫んだ。腹の中に溜《た》めていたわだかまりを全て吐き出すように、力強く。

そして爽羽が渡した鞄をおもむろに開き、スプレー缶を路上に並べていく。

「あ、デザインはここに」

カシャカシャとスプレー缶を振る三島に、爽羽は自分のスマホを差し出そうとした。元々落書きを消すためだけにここに来た三島だ。デザインの指針になるスケッチブックも家に置いてきたはずだ。

そう思ったが、三島は自分の頭を拳でゴッゴッと叩き、

「全部頭に入ってる。問題ねー」

「マジか。これ、どれくらいかかるんだ？」

「一晩ありゃ余裕」

「おお……」

シュウウ、と三島は黒いスプレーで主線をシャッターに吹き付けた。彼が断言した通り、その線は自信に満ちている。

これくらいの大きさなら、何時間で仕上がるのか……。それを瞬時に計算できるのも

これまでに積んだ経験があってこそのものだ。三島がグラフィティにどれだけ情熱を注いできたかがよくわかる。

やがて、はっきりとした線画がシャッターに刻まれた。

その上から、順番に色を乗せていく。

近づけて、強くスプレーを吹き付けると、線は太く、くっきりと。

少し離したところから吹き付ければ、線は淡く優しくにじんだ。

筆を使った絵画とは違い、グラフィティ独特の書き方だ。三島の手を通し、シャッターにどんどん物語が生まれていく。

「……で」

空が徐々に白む頃、三島がぽつりと言った。ずっと休みなく作業しているため、汗だくで疲労の色も濃い。それでも三島はシャッターに向かい続けた。

「何がいーんだよ」

「何がって、何が？」

「そのボード、無地じゃ、しまらねーだろ」

振り向きもせずに言った三島に対して、爽羽は思わず息を呑んだ。

（気づいてたのか）

スケートボードの板にはスケーターが足を乗せる表面と、車輪を設置する裏面《ボトム》がある。

裏面はスケーターの個性の見せ所だ。最初からグラフィックが施してあるボードも多いが、自分で絵を書く者もいる。

「ギガントニオで吹っ飛ばされた時、それまで使ってたやつが壊れたんだ。割れたのは板だけだったから、車輪やトラックは使い回せたけど」

スケボーはいくつかの部品《ギア》を組み込んで作り上げる。

スケーターが足を乗せる板や、車輪。車輪を板に固定する役目のトラックや、車輪の中に組み込んで回転を補助するベアリング……。

スケーターのやりたいトリックやスタイルによって、車輪の硬度やトラックの高さを変える必要がある。その難しさはあるが、どこかの部品が一つ破損した際、スケボーそのものを買い換える必要がないという利点もあった。

「前に住んでた街は隣町に行かないとスケボーショップがなかったけど、さすが紅花町だよな。いくつもショップがあって驚いた。いろんな部品がそろってたし」

「選び放題なら、なんで無地だよ、ダッセ！」

「俺だって、いいのがあったらそれにしたかったよ。でもどのショップもドクロとドラゴンのデザインばっかりっていうか……あと、稲妻？」

「嫌いなのかよ」

「うーん、単純に好みじゃないってだけなんだけど」

せっかく新しい板を買うなら、自分の好きなデザインを選びたかったのだ。

「そういうのを避けようとしたら、今度はストライプとか無地とか単色のやつしかなかったんだ。なんでこんなに極端なんだよ」

「そりゃ川尻竜玄がハバを利かせてるからだろ」

「竜玄さん？」

なぜ彼の名前が出てきたのかと驚くと、三島は腹立たしそうに舌を打った。

「前に高架下でグラフィティ書いてたら、ヤツの一派に絡まれたことがあんだよ。専属グラフィティライターになれとか言われて、しつけーの、しつけーの。ドラゴンと稲妻縛りだったから断ったら、スプレーごとバッグを川に捨てられた」

「ひどいな……。じゃあもしかして三島がスケーターを嫌いなのって」

「おー、スケボー人、死すべし！」

腹立たしげに三島がうなった。

「川尻竜玄の会社が『ドラゴンカンパニー』で、会社のロゴが稲妻だから、だとよ。それがついたボードを持つヤツは全員、川尻竜玄のシンパってことだろ。群れててダッセーの」

「ああ、なるほど」

言われて、やっと気づいた。そういえば最初にギガントニオに行った時、施設内にいるスケーターは皆ドラゴンか稲妻の入ったスケートボードを持っていた気がする。

彼らはそれを目印にして異分子を見つけ出し、踏み絵のように「ここは誰のパークか」と聞いて回っているのかもしれない。

「ありがとう、街でそのボードを見かけたら、そいつは避けることにする」

「……で？」

「え？」

爽羽がきょとんとすると、三島が荒々しくわめいた。

「おめー、今まで何聞いてたんだよ、アホか！　書いてやるから、どういうのがいいか聞かせろって」

「……俺のデッキに？　三島が？」

ぽかんとして聞き返したが、三島はもう応えない。だが、後ろを向いたままの背中が照れているような気がする。

「書いて、くれるのか」

「しつけーぞ！」

「いや……マジで言ってくれてたとは思わなくて。でもうれしい。あっ、金はちゃんと払うから！」

「バアアアアッカじゃねーの！」

慌てて言い添えた瞬間、特大の罵声が返ってきた。

シュッとシャッターにスプレーを吹き付け、三島が爽羽を振り返る。今の一吹きが最後だったのだろう。満面の笑みで活き活きと駄菓子を頬張る動物たちを背に、三島がふんぞり返って爽羽を見つめている。

「ダチから金は取らねーよ！」

「……そうか」

言われた言葉がゆっくりと耳から体内に入ってきて、腹の奥にストンと収まる。

ずっとこの街で自分の居場所が見つからず、心許ない気持ちだった。最初にやらかしてしまってから、いつも心のどこかで緊張していた。

だがその収まりの悪さと緊張感がスッとほぐれた。

「そうか、ありがとう」

自然と口元が笑みを刻んだ。

この日、爽羽に初めて紅花町で友人ができた。

3

九月の下旬にさしかかっていた。

紅花高校の校舎の四階から見える山々は徐々に色合いを変え、秋の準備を進めている。本格的な紅葉の季節はまだ先なので、目を見張るような絶景とは言えない。むしろ夏とも秋とも呼べない中途半端さを絵に描いたような光景だ。

生徒たちの空気もどこか弛緩《しかん》し、校内にはまったりとした「けだるさ」が漂っているようだった。

「三島！」

そんな秋晴れの朝、廊下に爽羽の声が響いた。

前方に見知った背中を見つけて声を張り上げたが、相手は一向に足を止めない。むしろ歩く速度が速まった気もする。

……わかっている、そういうヤツだ。照れているのだろう。

「三島、おはよう。ありがとう！」

「……ウゼー」

「このテンションの差、ひどくないか!?」

がしっと突進するついでに肩を組んだが、舌打ちとともに振り払われた。

だが、この程度の拒絶ではひるまない。なんといっても今日の爽羽は絶好調だ。

「ボード、めちゃくちゃかっこいいよ。さすが三島！」

「……………」

「でも玄関に置いてくなよ。直接手渡ししてくれればよかっただろ」

「……………」

「でもほんとに一晩でできるものなんだな……。昨日とは別ものだよ、これ」

「……………」

「でも、さっきからなんで無視するんだ？」

「ででも、おめーがうるせーからだ、バーカ！」

くわっと噛みつかんばかりの剣幕で怒鳴られる。

そのやりとりが気になったのか、同じように廊下を歩いていたクラスメイトが何人か、近づいてきた。

「何々、どうした？　つかお前ら、そんなに仲良かったっけ？」

「おう！」

「よくねーわ！」

正反対の返事をクラスメイトに笑われ、爽羽も笑った。

三島が駄菓子店のシャッターにグラフィティを書いてから一週間が経っていた。

翌日、三島と二人で紅花総合病院を訪ねた爽羽は店主の高崎千鶴子と仲良くなり、完成したシャッターの写真を見せては盛り上がった。千鶴子はとても喜んでおり、三島もどうでもよさそうな態度を取りつつ、うれしそうだった。

駄菓子店はその日から、突然商店街に出現した撮影スポットと化していて、通行人たちが足を止め、シャッターを撮影している光景を何度も見かけた。グラフィティをただの落書きと言い、三島の陰口をささやいていた者たちは気まずそうに口をつぐみ、足早に店の前を通り過ぎている。

そんな変化はあったが、それだけだ。三島は何やら忙しくしていたし、爽羽も街の探索に精を出していた。だが昨日の放課後、突然三島が爽羽を呼び止めてきたのだった。

『おめーのボード、一晩貸せ』

それが何を意味するのか、爽羽も即座にピンときた。

そして今朝、起きると家の玄関に貸したボードが立てかけられていたのだ。一番先に起きた爽羽が気づけて幸いだった。

「これ、すごいよな」

爽羽がボードの裏面を眼前に掲げると、クラスメイトたちが目を見張った。

「うっわ、確かに……。これ、三島が書いたの？」

「三島って確か美術部だろ。こういうのも書けたのか」

デッキの裏に書かれたのは、翼を持つオオカミだった。

首を大きくひねって天を仰ぐダイナミックな構図は、まるで今にも動き出しそうなほど躍動感にあふれている。その背中の毛並みが徐々に羽に変わり、オオカミの動きに合わせてデッキの空白を埋めていた。

はっきりとした主線や色使いは浮世絵のようでもあり、異国のポップアートのようでもある。元々浮世絵自体が江戸時代のポップアート的な意味合いを持つため、似た印象を持つのも当然かもしれない。

「スケボーって裏面を使ってセクションを滑ることも多いから、グラフィティもどんどん傷ついていくんだ」

「なんかもったいねえなあ」

「うん。……でもこれは違う。むしろその傷があってこそ、完成すると思う」

戦い続けたオオカミが傷を負うごとに強く、気高くなるように、爽羽のボードに書かれたオオカミもまた魅力を増していくだろう。難易度の高い技を練習し、何度失敗しようと諦めなければ、爽羽はこのオオカミとともに成長できる。

「できない時期を楽しめ、ってアラタが言ってたのがずっと頭に残っててさ。うまくいかない時期の悩みは、できるようになった後にはもう味わえない。スケボーをやってる時に感じる悩みには全部、価値がある……。アラタはビデオの中で何度もそう言ってくれたんだ。このボードと一緒なら、俺も目一杯楽しめると思う」

ただ一つ、大きな問題があった。

「前に住んでたところにもミニランプはあったから、フロントサイド・リップスライドとか、ディザスターは練習できたんだ」

「お、おう。フロントサイド……なに？」

「フロントサイド・リップスライド！　こう、アールを駆け上がって、テールを弾いて自分も一緒に半回転してさ。コーピングにデッキの裏を乗せて滑る感じで……」

「おいスケボー人、母国語話すな、わかんねーっつの！」

ガスッと三島に尻に膝蹴りをされ、爽羽は我に返った。気づけば、クラスメイトたちは目を白黒させている。鼻白んだり、腹を立てたりしている様子はないが、爽羽の話にピンときた様子もない。

「ご、ごめん。つい夢中で」

「ははは……いや、全然平気。思ったより、春原ってよく喋るのな」

「スケボー限定だけど」

「いいって、いいって。誰だって好きなこと話すの、楽しいもんな」

クラスメイトの一人、白川《しらかわ》がニコニコ笑いながら言った。短髪で大柄で、いつも笑っているように目尻が下がっている。その見た目通り、数週間前にスケボー部の連中とやや距離ができた時も、なにかと世話を焼いてくれた。

本人は野球部で日々汗を流しているようで、年中真っ黒に日焼けしている。

「野球は誰とでも話がそこそこ通じるけど、スケボーはそこまでじゃないもんな。興味自体はあるから、よかったら色々教えてよ」

「いいのか？」

「自分じゃできなさそうだけど、話を聞くのは大歓迎。ああ……あと俺、毎年『アレ』は見に行ってるぜ」

「……っ!!」

予想外のところから話を振られ、爽羽はとっさに白川の制服の裾を摑んだ。その反応が不審だったのか、三島がどうでもよさそうな顔をしつつも嫌そうに話を振ってくる。

「アレってー？」

「『メソッドハイヤー』！　バーチカルの国内最大級のコンテストなんだ」

毎年十二月にギガントニオで開催される一大イベントだ。

それが紅花町で開かれるのは、ギガントニオが十四フィートのバーチカルランプを有しているのが理由の一つ。そしてスケートボードを楽しむ者にとって、「アラタを生んだ土地」として聖地になっていることが一つ。国内コンテストではあるが、国外の有名スケーターも多数参加し、毎年祭りを大いに盛り上げている。

「当日晴れたら、ギガントニオの開閉式屋根が開くんだ。ガキの頃に一度来たことがあったけど、すごい寒かった。でもわくわくしてさ。スケーターが空にポンポン飛び出していくんだよ」

「あれ、そのまま頭から落下しそうでハラハラするんだよなあ。しかもただ飛び出すだけじゃなくて、ボードから足を離したり、横に一回転したり、すっげえの！」

さすが毎年見に行っていると言うだけあり、白川は詳しい。

「あの迫力は他じゃ味わえないよな。通学路の空き地でスケボーに乗ってる連中もかっこいいなって思うけど、そもそも種類が違うっていうか」

「そう！　そうなんだ」

白川の言う通り、バーチカルだけは「種類」が違う。

階段や花壇、坂といったあらゆるものが舞台になる「ストリート」や平地で技を競う「フリースタイル」であれば、スケーターはスケボー一つ持って街に飛び出せばいい。

近所迷惑や騒音問題はついて回るが、物理的にできないわけではない。

だが、バーチカルだけはU字型の巨大ランプがないと、そもそも滑れないのだ。二メートルほどのミニランプなら設置してある施設もあるが、高さが足りないのでエアトリックは決められない。練習するにもコンテストをするにも、とにかく四メートル超えのランプが必要不可欠だった。

「事故も怪我も他とは比べものにならないんだ。ランプの建設費とか維持費もかかるから、国内じゃ施設を見つけるのが難しいし、練習できる環境があっても、高所が怖いなら挑戦できないし」

「で、春原はそれに出るってーの？」

「それは……」

出たい。

バーチカルで活躍していたアラタを観てから、メソッドハイヤー出場は爽羽の憧れであり目標だ。

スケートビデオの中で、アラタは活き活きとボードを操り、大空に飛び出してエアトリックを決めていた。まるで翼が生えているように、彼はいともたやすく空を舞う。空から誰かに引き上げられているように、高く、高く跳躍する。

彼を見つめていると、幼い爽羽までぐうっと視界が吸い寄せられるような感覚に陥った。

アラタの視界が自分のものになったような不思議な体験。

遥《はる》か上空から地上を見下ろし、大きく口を開けて驚いている観客が見えた気がした。目線を上げれば、遠くの町並みまで見通せた。

アラタが身体をひねったのと同時に、幼い爽羽の視界もぐるんと回転する。乗っていたボードに手を添え、横に一回転。さらにボードだけくるんと回し、再びその上に着地する。

そして再びランプの斜面に着地し、高速で滑り降りるアラタとともに、爽羽も同じ感覚を味わった。

あれは多分……いや、間違いなく単なる錯覚だっただろう。感受性の鋭い子供ならではの思い込みだ。実際にアラタの視界を乗っ取ったわけではなく、彼の見ているであろう景色を想像したにすぎない。

しかしあの時の興奮と感動だけは本物だった。

あの景色をまた見たい。あの感覚を味わいたい。

それが爽羽の原動力になり、今に続いている。

「ミニランプでできる技は練習してたんだ」

ボトムと呼ばれるU字ランプの底の部分を自分の体重移動で漕《こ》ぎ、前後に進む「パンピング」や、プラットフォームから斜面に飛び降りる「ドロップイン」。U字上部の縁《コーピング》にとりつけたレールから飛び上がるのではなく、縁を滑るスライド系の技はミニランプでも練習できた。

　これらはバーチカルの基本だ。パンピングをしっかり学んでおかないとどんどんスピードが落ちてしまうし、ドロップインができなければ、そもそも競技に参加できない。

　スライド系の技も複数の技を組み立てるルーティンには欠かせない。その他、平地や坂道で練習できる技も繰り返し練習してきた自負がある。

　……だが「エア」だけはバーチカルランプでしか練習できない。

　それができてこそ、コンテストで盛り上がるというのに。

　ギガントニオを追い出されてから、その事実がずっと爽羽を苦しめている。

（練習場所が、ない）

＊　＊　＊

『連覇に対するプレッシャー？　もちろんあります』

　力強く、落ち着きのある声がイヤホンから聞こえてきた。

　スマホの画面の中で、しなやかな肉体をまとった黒豹《くろひょう》のような青年が自信に満ちた笑みを浮かべている。十代後半で日焼けしていて、つばを後ろに回してキャップをかぶった青年だ。細身のスキニーパンツにロングTシャツを合わせた格好はまるでお手本のようなスケーターファッションと言える。

彼自身の趣味というよりは、現代のスケーターを象徴した格好をあえてしているようにも見えた。彼か、彼の周りにいる人たちが戦略的にそうしているのだろうか。十五年前にこの国から消えてしまった「ヒーロー」を新たに作り出そうとするかのように。

彼と膝をつき合わせる形でスーツ姿のインタビュアーがいる。恰幅《かっぷく》のいい成人男性にひるむことなく、青年は落ち着いて受け答えをしていた。

『ですが、そうした重圧は自分の番が来たら、自然と吹っ飛びます。メイク中はアラタと対話をしているような気がすることも多い。高く、速く、自分の限界を知りたくて夢中になりますから』

『さすが「皇帝《カイザー》」の異名は伊達《だて》じゃないね。国内ではもう敵なしでは？』

『どうでしょう。スケボーは日々、進化している。次世代のスケーターたちは親世代から本格的な理論に基づいたトレーニングを受けているヤツも多いですからね。脅威ですよ』

『あー、確かに彼らは上品でスマートな滑りをするよねえ。僕ら世代からしてみたら、スケボーはもっと自由でいいと思うけど。はは、こんなことを言うとすぐおじさん世代《オールドスクール》って笑われちゃうかな。あの時代はみんな、活気があったよなあ。デッキもこう……今みたいにシュッとした感じじゃなくて、分厚くてさ。あれが最高にかっこよかったんだよなあ』

『ははは、ナンバラさんたちの作り上げたシーンは今も最高にクールですよ。僕もあの「時代」に魅入られた一人ですから』

笑顔を絶やさず、よどみなく受け答えをする青年の声が一瞬ざらついて聞こえた。

おそらくインタビュアーは引退したスケーターなのだろう。三十代後半に見えるところからしてアラタと同世代。強大な偉人の陰で、あまり注目されずに終わってしまった人なのかもしれない。

当時を懐かしむ「大人」に対し、十代の青年は子供たちだけにわかるようなさりげなさで、うんざりとした感情を匂わせる。

この番組を観ていた現役スケーターたちは皆、彼に親近感を覚えるだろう。そして同時に、彼を畏怖し、讃《たた》えるのだ。

巨大ランプで恐れ知らずに飛び回るバーチカルの覇者、神門《みかど》遼太郎《りようたろう》こそ「皇帝」の名に恥じぬ逸材だ、と。

『無駄のないアスリートもかっこいいけど、僕としてはアラタみたいなスケーターがまた出てきてくれるとうれしいね。自由で、破天荒でかっこいい……。多分、この先の世代にそれは望めない。僕ら世代はみんな、君しかいないと思ってるよ』

『光栄です。僕にとってもアラタは特別ですから』

『あと二ヶ月でメソッドハイヤーだ。今年は開催十年目だし、今まで以上に盛り上がるだろう。「アラタの後継者」神門くんから参加者に一言頼むよ』

『そうですね……。会場で会えるのを楽しみにしている。一緒にシーンを盛り上げよう！』

『オウケイ、ド派手なメイク、期待してるぞ！』

雑誌の一枚絵のように完璧な笑顔を見せる二人を最後に番組が終わった。

インタビュアーの言った「メイク」というのはスケボーで「技を決めること」だ。恐れ知らずにメイクするスケーターに観客は惜しみない歓声と拍手を送る。スケボーのコンテストで一番盛り上がる瞬間だ。

「あと二ヶ月か……」

爽羽はポケットにスマホをしまい、かすかにため息をついた。

昨日、深夜にやっていたローカル番組がインターネットでオンデマンド配信されていたのだ。観るつもりなどなかったのに、番組のサムネイルを見たら、どうしても気になってしまった。

ちょうど足を止めたところに街の掲示板が立っている。町内で行われる様々なイベントやゴミ出しの注意事項など、地域のお知らせが貼られているが、ひときわ目立つところに「メソッドハイヤー」の開催告知ポスターがあった。巨大なバーチカルランプと、そこから飛び出してエアトリックを決めるスケーターのイラスト。スケボーのコンテストに関するポスターが町中で普通に見られるなんて、爽羽が以前住んでいた街では想像できなかったことだ。それだけ紅花町にはスケボー文化が深く根付いていることが窺《うかが》える。

ここは最高の環境だ。スケーターにとっての夢の国だと言っていい。

それなのに爽羽は未《いま》だ、迷子のように街をあてどなくさまよっている。

紅花町に引っ越してきてから、早くもひと月が経とうとしていた。早朝の探索のおかげで町内の地理には詳しくなり、町中にあるスケートパークの場所もほとんど把握できたが、バーチカルランプが置いてある施設だけは見つからない。

「早く」

練習したいのに。

スケートビデオの中でアラタは「できない時期を楽しめ」と言っていた。技が成功せず、失敗続きだとしてもその時期を楽しむことができるのだ、と。

だが失敗続きの自分を楽しむことはできても、「スケボーをできない時期」を楽しむことはできそうにない。

ギガントニオに行き、竜玄に頭を下げるべきだろうか。それが一番賢い選択だろうか。

半月前は絶対にそんなことなどするものかと思っていたが、ここまで時間が無為にすぎると、どんどん心が揺らいでくる。

……実際に謝らなくても、彼らはもう爽羽のことを覚えていないだろう。

ギガントニオに通うスケーターは皆、竜玄の仲間であることを示す「ドラゴン」か「稲妻」が書かれたボードに乗っている。彼らがそれを目印にして仲間を見分けているのなら、今からこっそりとスケボーショップに行き、それらの模様が入っているボードを買えばいい。「コンプリート」と呼ばれる、すでに組み立てられているボードはそこそこちゃんとした性能のものでも一万円前後……。高校生の爽羽でも手が届く。

買ってしまえばいい。それだけでギガントニオへ行って練習できる。みっちり練習をして、コンテストに出られるだけの実力を備えて、実際に出る時は自分のボードで参加すればいいのだ。

――傷一つない、きれいなオオカミとともに。

「……はは」

想像した瞬間、爽羽は嫌悪感で震えた。

あれは三島が爽羽のために書いてくれたグラフィティだ。練習でついた傷が勲章になるように、何時間も、何日もかけて考案してくれた。

それを放置するというのか。

それを放置できると思うのか。

オオカミを手放して、こそこそと身につけたスキルで結果を出せたとして、それに何の価値があるというのか。そんな卑怯《ひきょう》な真似をしたら最後、アラタに、三島に、自分は一生顔向けできなくなる。

そんなダサいヤツ《ワック》になるくらいなら、大人しくメソッドハイヤー出場を諦めたほうがマシだ。幸い、この街はストリートやフリースタイルならば、どこでも練習できる。これまでも平地をメインにして活動していたのだから、そちらに戻ればいい。この街ではスケボーのスタイルごとにコンテストが開かれているのだから、そのいずれかに参加するだけでも十分刺激的だろう。

「……そうだ。でも」

この未練を振り切るだけでいいのに、どうしてもそれができない。

一度でいい。空を飛んでみたかった。

アラタの見ていた景色を自分の目で見てみたい。

「どうしたら……」

「春原？」

その時突然、脇から起伏のない声で呼ばれた。

ハッとして顔を上げると一体どこから現れたのか、怪訝《けげん》そうな顔をした日向が立っている。学校でよく見るスーツ姿ではなく、白いパーカの上に黒いジャケットを合わせたラフな格好だ。思ったよりもカジュアルな組み合わせは普段生徒たちから恐れられている冷徹教師のイメージとかけ離れていて、爽羽はぽかんとした。

「日向先生……えっ、なんで」

キョロキョロと周囲を見回してみたが、早朝ということもあり、周囲には誰もいない。今、声をかけられたのは自分だと考えてよさそうだ。

目を丸くした爽羽に対し、日向は一瞬顔をしかめた。不快感を表したのではなく、「しまった」と言いたげな表情だ。

なぜそんな顔をされるのかと戸惑いつつ、爽羽はふと掲示板の隣家に目が止まった。庭付き二階建ての立派な一軒家に「日向」の表札がかかっている。

「あー……」

何も知らず、日向の家の前で足を止めていたようだ。

日向からしてみたら、自分の受け持つクラスではないものの、同じ学校に通う生徒が早朝、家の前に立っていたのだ。この非常識さを叱責するため、あえて外に出てきたのかもしれない。

「これは違……っ。用があったわけじゃなくて……朝っぱらから押しかけてきたわけでもなくて」

「そのようだな」

慌てるあまり、しどろもどろになった爽羽に、日向はため息で応えた。

その静かな声音に、爽羽はやや意表を突かれる。どうやら叱るために出てきたわけではないらしい。

（もしかして、俺が深刻そうにしてたから様子を見に来た、とか……？）

転校生に何かあったのか、と心配して出てきてくれたのだろうか。生徒たちから恐れられている冷血漢がまさかそんな。

「紛らわしいことしてすみません。ただこれを見てただけで」

「コンテストのポスターか」

「……あれ？　日向先生もスケボーやるんですか？」

「なぜそう思う」

「今、コンテストって」

スポーツの勝敗を決める大型イベントは大抵「大会」と称される。全国大会、地区大会、などその規模によって呼び方は変わるが、「コンテスト」と呼ぶスポーツはあまりない。

いくら紅花町でスケボーが活発に行われていようと、興味がない者は積極的に情報など取り入れない。現に三島はスケーターのことを「スケボー人」と呼び、スケボーの単語にも詳しくない様子だった。

「俺もグラフィティのこと全然知らなかったからおあいこなんですけど……コンテストって言うからには、スケボーのこと知ってる人なのかなって」

「単に、スケボー部の連中が以前、話しているのが聞こえただけだ」

「ああ、なるほど」

「それで？　思い詰めた顔でポスターを見ていた理由は」

「……ちょっと練習場所が、ないなあって」

「あるだろう。大きな施設が」

　至極もっともな指摘に、爽羽は大きく肩を落とした。

「色々あって、ギガントニオは出禁になっちゃって」

　呟いた爽羽に対し、日向はしばらく無言だった。

　学内でのトラブルじゃないならどうでもいい、と思われただろうか。出勤前の貴重な時間に、いつまでも爽羽の相手をしているのは嫌かもしれない。ギガントニオでは空気が読めなかったばかりに失敗したが、今こそ「それ」を読むべきか。

　沈黙に耐えかね、爽羽が別れの挨拶を切り出そうとした時だった。

「紅花町は観光に失敗した街だ」

「へ？」

「十年ほど前、田久仁岳《たくにだけ》の山中にホテルを建設しようという企画が持ち上がったが、建設途中で建設会社に脱税と違法建築の不祥事が発覚し、工事が中断されたままになっている。施主と建設会社の間で責任問題で揉めた結果、施主が消息を絶ち、取り壊すにも壊せないといった状況のようだ。まだ枠組みだけしかできていなかったため、不法滞在者の根城にならずに済んでいるのが幸いと言うべきか」

「ええと……はい？」

何の話をされているか戸惑う爽羽をちらりと一瞥《いちべつ》し、日向はきびすを返した。

「元々は、高級ホテルにする予定だったそうだ」

「……はあ」

「水深三メートル級のプールが、あるらしいぞ」

「……っ！」

思いも寄らない情報に絶句した爽羽から顔を背け、日向は家に戻っていった。「必ず二人以上で行動するように」と教師らしい一言を残して。

4

紅花町は山が多い。

とはいえ、それらの山の名前を全て把握している住民は滅多にいない。役所の職員ですら、データベースに登録されている記録を見て、ようやくわかる程度だろう。

あそこの山、向こうの山、あっちの山菜が採れる山、昔事故のあった例の山……。住民からはそんな風に呼ばれるのみだ。

日向から教えられた田久仁岳は、その中でもひときわ特徴のない山だった。

――昔、ホテルが建つとか建たないとかって噂を聞いた気がする山。

――でも結局何もなかった山。

そんなところだ。

開発の噂が立ち消えた後は特に活用されることもなく、人々の記憶から忘れ去られている。山々が連なる紅花町で、どこからどこまでが田久仁岳なのかもわからない、と誰もが口をそろえて言うに違いない。

「だ、から……ここに何があるんだっつーの！」

日向から話を聞いた翌日、爽羽は三島を誘って現地に向かった。昨日は高校の図書館で場所を確かめていたら来る時間がなくなってしまったが、今日は運良く土曜日だ。時間はたっぷりある。

強引に引っ張ってきたこともあり、三島は文句を言い続けている。急勾配で息を乱しながらも黙らない辺り、相当困惑しているようだ。

「説明しただろ。プールがあるって」

「それが意味わかんねーの！　ヒカゲが？　山の中に？　プール付きの廃墟《はいきょ》があるって？」

「そう！」

「それが何!?」

興奮するあまり、うまく説明できていなかったかもしれない。爽羽が何度説明しても、三島は一向にピンとこない様子だ。それにもかかわらずこうして登山に付き合ってくれるのだから、彼の友情に感謝するばかりだが。

「普通のプールじゃないんだって。水深三メートル級！　そんなの、滅多に見ないだろ」

「まー、学校とか市営プールとかより深いな」

「飛び込み専門だと五メートル以上ないとダメらしいけど、そこまで本格的なものじゃなくて……でも飛び込み台くらいは備えたプールにする予定だったんだと思う」

「海外のホテルにありがちなやつか」

困惑しつつも、三島が話に乗ってくる。爽羽はスケボーを小脇に抱え、深くうなずいた。

「そう、海外って土地も広いし、そういうプールも多いだろ。スケーターには最適なんだ」

「あ？　どっからスケボー人が出てきたよ」

「だからプールは昔、スケーターの練習場所だったんだって」

諸説あるが、スケートボードは過去、海外のサーファーがオフシーズンに陸で練習するために使っていたとも言われている。日本によくある長方形のプールではなく、サーフィンで言うところの「ビッグウェーブ」を再現できるようなお椀型《わんがた》の深いプールが海外に多かったことも理由の一つだろう。

それが次第に、季節に関係なく、水を抜いたプールで遊ぶ者たちが台頭し始める。彼らはプールの斜面を行き来して勢いをつけ、縁から大きく飛び出して空を舞った。

それがバーチカルスタイルの始まりだ。

時代が進み、今ではバーチカル専用のランプができたが、海外では今もプールを遊び場所にしているスケーターも多いと聞く。田久仁岳にある廃墟化したホテルのプールも爽羽にとって、理想的な練習環境になるかもしれない。

「落ち葉や砂が積もってるくらいなら掃除すればいいだろ。さすがにプールが割れてたら厳しいけど、どっちにしてもまずは現地を見てみたいんだ」

「なんとなくわかったけどよー。なんでヒカゲが春原にそれを教えたのかがよくわかんねーんだよな」

「そこなんだよなあ」

スケボーを知らない人間なら、プールが練習場所になるとは考えないだろう。田久仁岳に廃墟化したプールがあると知っていたこともそうだし、「プールがある」という言葉だけで、その先の意図が爽羽に伝わるとも考えないはずだ。

「スケボーの大会がコンテストって呼ばれてることも知ってたし、多分日向先生もスケボーに多少詳しいんだと思う」

「似合わねー」

「今までそういう噂はなかったのか？」

「あるわけねーだろ、ヒカゲだぜ。規律と規則が『命』の数学教師。不要品なんて持ってったら、一発で没収される。あの学校に、アイツにカツアゲされてねーヤツなんていねーよ」

「そういえば最初に会った時、三島も何かを没収されたって言ってたよな。それって……」

「おー、スプレー缶。反省文、三回書かされたわ」

それは裏を返せば、反省文さえ書けば返却してくれるということではないだろうか。

(やっぱり、どうしても悪い人だとは思えないんだよな)

なぜこんな風に感じるのか、自分でもよくわからない。スケボー用語に関して、思ったよりも日向が詳しかったから、だろうか。それだけで、どうにも親近感を覚えてしまって……。

「一度詳しく話を……うん?」

ざくざくと獣道を踏み分けて歩いていた時、爽羽はふと違和感を覚えた。

山の中腹にさしかかり、少し前から周囲は木々で覆われていた。生い茂る枝葉で視界が遮られ、山麓の町並みも見えづらい。どんどん山の奥へ入っていくため、普通ならば木々をかき分けて進まなくてはいけないはずだ。

(なのに、むしろ歩きやすくなってるような……)

先ほどまでは一列で歩くのが精一杯だったが、気づけば獣道の幅が広くなっていた。三島とも並んで歩ける道幅で、雑草や茂みも排除され、山道が整地されている。

同時に、明らかに人工的な「もの」が目立ち始めた。

突き立てられた杭《くい》にカラフルな端布が結びつけられている。やや錆《さ》びたアメリカンレトロスタイルのブリキ看板やステッカーが木の幹に結ばれ、上矢印の形をした看板も立っていた。

「この先、廃墟のはずじゃねーの？」

三島が声を弾ませた。

上矢印の看板には「AHEAD」と意味ありげな文字が書かれている。丸いポップな字体で書かれた「それ」はスローアップと呼ばれるグラフィティだ。同族の気配を感じ、三島のライターとしての血が騒いだのだろう。

「この先」に一体何があるというのだろうか。

確証は持てないまま、それでも歩調が速くなった。

やがて、かすかに音楽が聞こえてくる。軽快なヒップホップだ。

「いるんだ」

声がうわずった。気づくと爽羽は夢中で山道を駆け上がっていた。

走って走って走って……突然バッと視界が拓《ひら》ける。

「う、わあ……っ」

そこに楽園があった。

ホテルの建設予定地だったからか、山の中腹にぽっかりと平地が広がっている。その中に一軒、鉄骨の骨組みが立っていた。

何十室もある巨大なホテルではなく、西洋館程度の大きさにする予定だったのだろう。骨組みの真ん中に仕切りが造られているところをみると、二階建て。壁と一階の床は存在しないため、風雨は吹き込み放題だ。

そんな建造物の周りに、二十人ほどの男女がいた。柱に寄りかかったり、梯子《はしご》をかけて二階の床に寝そべったりして、思い思いにくつろいでいる。十代から二十代が多く、皆、ラフな格好をしていた。

そして彼らのいる廃墟の正面には、

「ほんとにある」

水の抜かれたお椀型のプールがあった。しっかりしたコンクリート製で、なめらかな斜面が太陽を受け、さんさんと輝いている。

シュアッ！

突然、軽快な音を立て、スケボーに乗った男がプールの底から飛び出してきた。高い。しっかりと膝を抱えて屈み、ボードに手を添えて宙を舞う。頭上から降り注ぐ太陽光で、スケーターとボードが一体化してみえる。まるでメソッドハイヤーのポスターから抜け出してきたような構図に、爽羽は呼吸も忘れて見入った。

「おお、新入りじゃ～ん」

たった今華麗なエアトリックを決めた男がプールから上がり、爽羽と三島の方に歩いてきた。上空から二人に気づいたのだろう。

歳は二十代半ばだろうか。痩せていて、スキンヘッド。腕にトライバルタトゥーが入っているところといい、ポケットに入れていた真っ黒なサングラスをかけたところといい、街で見かけたら思わず道を譲りそうな風貌だ。

だが不思議と気にならない。いともたやすくエアトリックを決めたスケーターだ。恐怖より、興奮と感動が勝ってしまう。

「今の、ジャパン・エアーですよね！　すごかったです、完璧だった」

「まっすぐな褒め言葉、いいねェいいねェ！　俺はコージ。ようこそ、『グレイサグ』へ！」

「俺は春原爽羽って言います。こっちは三島晶」

やっと追いついた三島を指さし、爽羽は二人分名乗った。コージは突き出した拳をコツンと爽羽の拳に当てるフィストバンプで挨拶し、にやっと笑った。

「ここ、誰に聞いた？　つか、いいボードだなァ、それ。超クールじゃん」

「三島が書いてくれて」

「うは～、お前、グラフィティライター？　つか、そのタッチってアレだろ。駄菓子屋タカサキのシャッターに書いたヤツ。違う？　当たり？　当たりだろォ！」

「そーだけど、うるせーんですけど」

コージの風貌にひるみながら、三島がきっとにらみ返す。コージは怒るでもなく、むしろ上機嫌で彼の肩に腕を回した。

「うははは、生意気！　今度俺にも書いてよォ。おいくら万円？　分割できる？　社割利く？」

「コージ、少し黙りな」

爽羽たちがコージのテンションに気圧されているのを見かねたのか、脇から制止の声がかかった。

すらりとしたポニーテールの女性が近づいてくる。はっきりした目鼻立ちの長身美人で、ダメージデニムのショートパンツにビッグサイズのロングTシャツ。コージと同じく二十代半ばに見えるが、クールなストリートファッションがバチッと決まっていた。

「アンタが喋り始めると、いつまでも話が進まないんだよ。初めて来た子たちを警戒させんな」

「こんなフレンドリーな俺様を捕まえて、何言いやがる。警戒させてんならお前だわ、アコ。俺が十代の時、お前みたいなのが近づいてきたら、速攻逃げたね、肉食系！」

「うるさいんだよ、雑食系」

「なんだと、この……っ」

目の前で舌戦を繰り広げる二人を見て、爽羽と三島は顔を見合わせた。見たところ、彼らが屋外スケートパーク「グレイサグ」で最年長のようだ。遠慮なく口喧嘩をしているが、親しげなのが伝わってくる。

(灰色の悪友《グレイサグ》……)

ここには白も黒も存在しない、ということだろうか。

誰の一派なのか、誰のパークなのかを聞かれることなく、誰に対しても門戸を開いている場所なのだとしたら、

「俺も……滑っていいのかな」

思わず口からこぼれた弱々しい声に、コージとアコが振り向いた。一瞬目を丸くし、続けて彼らはふっと微笑《ほほえ》む。

「当たり前だよ、誰だろうと歓迎するさ」

「ここはギガントニオを追い出された連中の集まりでよォ。誰も彼も『ギガントニオはアラタさんのパークだ!』って言い張って、竜玄さんの不興を買ったの」

「全員?」

確かにこの場にいる人々のボードは多種多様だ。ギガントニオにあふれていた「稲妻」や「ドラゴン」のグラフィティは見当たらず、書かれているのは人物画やアニメのキャラクター、ポップでカラフルな文字ばかりだ。竜玄に与《くみ》していないスケーターがこ

れほどたくさん集まっているところを爽羽は初めて見た。

「竜玄さん、昔からああなんだよなァ。アラタさんと同い年で幼馴染みだか、小学校からの同級生だか、とにかく付き合いは長かったらしいけど、超嫌ってんの」

「なんでそこまでアラタを目の敵にしてるんですか？」

「さあね。でもま、わからんでもないわなァ。スケボーを始めたのは竜玄さんのほうが早かったけど、一瞬でチギられたらしいから」

「スケボーも向き不向きがあるからね。竜玄さん、商才はあるみたいだけど、スケボーの才能はからっきしでさ。単純なオーリーをするのにも数年かかった上、半回転もかけられなくてやめたらしいよ」

「……なるほど」

ボードごとジャンプする「オーリー」はストリートやフリースタイルで行われる技の基本だ。

勢いをつけてデッキの後ろ側に体重移動し、前輪を浮かせた状態でジャンプする。同時に膝を柔らかく使って自分も飛べば、ボードと一体化して宙を舞うことができるのだ。

初心者がまず初めにぶつかる壁ではあるが、難易度が高いわけではない。むしろオーリーができないようでは、他の技は何もできない。それにも苦戦したということは、竜玄は本当にスケボーのセンスがないのだろう。

「スケボーは好きなんだろうけど。対等だと思ってた相手がどんどん上達して、世界に羽ばたいてったら、妬みで何をしでかすか……」

「……？」

不意にコージに脇腹を肘で突《つつ》かれ、アコは我に返ったように言葉を飲み込んだ。一瞬、張り詰めた空気が流れたが、すぐにコージが話題を変える。

「ま、ま、そんなわけでここは安全ってこと。陰険ドラゴンはいねえから、自由に使っていいぜェ」

「お互い、譲り合って使うのと、プールの掃除は全員でやるのがルールかな。あ、滑るのは二人以上そろってから！　これは絶対守ってもらうよ。ただ、もし誰かと揉めるようなら仲裁に入るから気軽に相談してよ。休日は必ず誰かしら来るようにしてるし、アタシらはそのためにいるからね」

「……ありがとうございます」

遠慮なく頼っていい、と大人に言われたのは初めてで、爽羽は面食らった。竜玄が悪質で子供じみた嫌がらせをする大人だったこともあるが、親からも教師からも言われたことがない。

多分、大人は子供のことをあまり信用していないのだろう。子供はトラブルを起こすものだと考え、揉め事が起きる前に彼らを押さえ込むことに躍起になっている。そしていざ揉めた時は両方を黙らせて事態の沈静化を図るか、自分が巻き込まれないように距離を取るのだ。

そんな大人ばかりだと思っていたのに。

「こんな場所があったなら、もっと早く見つけられたらよかった」

「それが悩ましい問題なのよなァ。ここ、『自由』を謳《うた》ってるけど、実態は不法投棄された廃墟にたむろしてるだけだから、行政が動いたら、俺らにはどうにもできないっつーか」

「ここの存在を知ったら、竜玄さんは速攻で手を打ってくるだろうからね。あの人、あちこちに顔が利くから」

「さすがに勘づいてるだろうけど、こそこそしてるから今は見逃してくれてるだけって気はするしなァ。まあ、そういうわけだから、ここは偶然たどり着ける場所じゃねえのよ」

「なるほど」

グレイサグの「グレイ」には法的な意味合いも込められているのかもしれない。

納得しつつ、爽羽は改めて日向のことを考えた。ここまでひっそりと存在していたスケートパークをなぜ堅物で知られる数学教師が知っていたのか。

「お前らにここを教えたヤツ、当ててやろうか」

爽羽の考えを読んだように、コージが顔を近づけてにんまりと笑った。ずいっと爽羽の前に片手を突き出し、一本ずつ指折り数えていく。

「一つ根暗、二つ陰険、三つ無愛想、四つ頑固、五つ……」

「五つ、お前の弱みを十は知ってる」

その時、爽羽の背後から抑揚のない声がした。

うげえ、とコージが一メートル以上飛び退《の》く。同時に、三島も。

「日向先生」

まさに思い浮かべていた人物の登場に、爽羽は目を丸くした。爽羽たちと同じ道を登って、ここまでやってきたのだろう。休日だというのに、平日と変わらないスーツ姿だ。違うのは鞄とともに、スケボーを小脇に抱えているところだろうか。

「カナデはマジで、その格好で来るんじゃねえっつの！　毎回毎回、いよいよ役所の連中が視察に来たのかと思ってビビるんだわァ！」

「俺も毎回言っているだろ。役所の人間が来たなら、俺たちにできることは何もない。諦めて、明け渡すだけだ」

「だからお前はなんでそうドライなの。もっと抗《あらが》おうぜェ。大事な居場所を汚れた大人に渡すな！　世論を動かして反逆だ！」

「俺たちももうその『大人』だ」

「は～、せちがれえわ。十五年前は子供でいられたのにィ」

コージは天を仰いで、その場にばったりと倒れた。行動がいちいち突飛だが、彼らにとってはよくあることのようだ。カナデ、と名前呼びされた日向は動じることなく、アコとフィストバンプしている。

「ハイ、カナデ、久しぶり。ちゃんと食べてる?」

「食べてる。……顔を合わせるたびに食事の心配をしないでくれ、アコ」

「あはは、歳取っても言い続けるからね」

「相変わらずだな」

日向はふっと表情を緩めた。転校してきてまだひと月しか経っていない爽羽ですら驚いたのだ。スプレー缶を没収されたり、反省文を書かされたり、となにかと因縁のある三島は後ずさったまま硬直している。

「あ、あのー……なんでヒカ……ヒューガセンセイがここにいるのか、聞いてもいーっすか」

「だから言っただろ、三島。日向先生がここにプールがあるって教えてくれたって」

「だからなんで! ヒカ、日向先生もスケボー人ってこと? 似合わなすぎじゃね!?」

「三島が先ほどから何度も『ヒカ』と言いかけていることに関しては、後で詳しく聞くとして」

日向はじろりと冷たく三島を一瞥した。ヒッ、と悲鳴を上げる三島に嘆息しつつ、彼は持っていたスケボーを地面に下ろす。

「似合う似合わないと、できるできないは違うだろう」

シャッと軽快な音を立て、日向はスケボーを操った。片足で地面を蹴るプッシュも、加速してからボードに両足を乗せる時も、彼の体幹は少しもブレない。

「おい、カナデさんだ！」

「マジかよ。場所空けろ！」

プールに向かう日向に気づき、和気藹々と滑っていたスケーターたちが歓声を上げた。恐ろしい冷血漢が近づいてきたので焦って逃げた、という感じは全くない。彼らは一様に目を輝かせている。

「グーフィーだ」

爽羽はふと、それに気づいた。

スケボーの前側に右足、後ろ側に左足を乗せるのが「グーフィースタンス」。両足を入れ替えると「レギュラースタンス」となる。

一般的に、右利きの人間は利き足を後ろ側に置くレギュラースタンスのほうが滑りやすいと言われている。日本でも当然、そちらのほうが圧倒的に多い。

だが日向はボードの後ろ側に左足を乗せていた。左利きなのかもしれないし、右利きだが、単にグーフィースタンスで滑る癖がついているのかもしれない。

（アラタがそうだった）

右利きだがグーフィースタンスで滑るアラタを真似し、一時期スケーターたちがこぞってグーフィースタンスを練習したと聞いている。爽羽も幼い頃に真似したが、どうしても収まりが悪く、集中できなかったので自分が滑りやすいレギュラースタンスに戻してしまった。

「相変わらず無駄のない滑り方だね」

「性格でてるよなァ」

アコとコージが笑いながら見守っている。

不思議そうにしている爽羽の視線に気づき、アコが肩をすくめた。

「幼馴染みなんだ、アタシたち三人。家が近所で、ガキの頃から一緒だった」

「へえ」

「カナデは昔っからあんな感じだよ。無愛想で融通が利かなくて物怖《ものお》じしなくて」

「意外と好戦的で、負けず嫌い」

言いたい放題の二人の前で、日向は特に気負うことなく、プールに滑り降りた《ロールインし》。彼の背中が一瞬で見えなくなる。それだけプールの斜面が急なのだ。まるで崖から落ちたように急斜面を滑り降り、すぐに日向は反対側の斜面を昇った。坂の途中で折り返し、彼は坂を往復する。

勢いをつけているのだ。

一往復、二往復、三往復。

「出るぞ」

コージがささやいた次の瞬間、

「うわ……っ」

シャアッ、と澄んだ車輪の音を立て、日向がプールの縁から飛び出した。

高さがある。安定感も。

つま先が向いている方のボードの縁を手で摑み、身体にひねりを加えて戻す。

――ジャパン・エアー。

高度があるため、余裕を持って決めたように見えたが、高難易度のエアトリックだ。

先ほどコージが同じ技を披露していたところからも、このパークにいるスケーターのレベルが高いことがわかる。

「……ッ」

ただ、それとは関係なく、ドクン、と爽羽の心臓が跳ねた。

日向はその技一つだけでプールから上がり、ボードを小脇に抱えて、こちらに戻ってくる。途中でスケーターたちに呼び止められては、いくつかアドバイスをしていたが、どう
不意に、その姿がにじんだ。すぐ隣で三島が焦ったように声を上げた気がしたが、どう

したのかと尋ねる余裕もない。

（あれを）

見たことがある。自分は。

いや、見たことがある、なんて言葉では言い表せない。何十回、何百回と見てきた技だ。「彼」はジャパン・エアーをルーティンの最初に取り入れていた。序盤から大技を披露し、観客の心をがっちり摑み、間髪容《い》れずに一度、二度と大空を舞う。

「アラタ」

ぐっと何かが胸から喉にせり上がってきたと思った瞬間、パタパタッと大粒の涙が両目からあふれた。うれしいような、苦しいような、寂しいような、懐かしいような。様々な感情が入り交じってシェイクされ、行き場をなくして目からこぼれ落ちたような感覚だった。

「アラタだ」

「まさか泣かれるとは」

戻ってきた日向が気まずそうな顔をする。

夢中で彼の腕を摑み、爽羽は見上げた。

「アラタの技だ。何度も見た。タイミングも、高さも、姿勢も、全部一緒だった」

「落ち着け」

「なんで日向先生が」

「いいから落ち着け」

「なんで」

ジャパン・エアー自体はスケーターの間に定着している技だ。大きなコンテストになれば、それをルーティンに取り入れるスケーターは何人もいる。

だがどのスポーツにも言えるように、選手によって個性は出る。選手の体格や性格、技量や練習環境によって、誰がやっても全く同じになることはない。

だが今、日向が披露したジャパン・エアーはアラタとうり二つだった。十五年前に他界したはずのアラタが現世に舞い戻ってきたのかと思ってしまうほど。

「アラタは俺の兄だ」

「日向先生の!?」

「十三歳差。去年、兄貴の年齢を超した時はさすがに少し感傷的になったな」

そう言われてまじまじと凝視してみたが、アラタと日向が似ているのかどうか、爽羽にはよくわからなかった。アラタのことは画質の粗いビデオの中でしか見たことがないが、全体的な雰囲気はむしろ真逆だ。

アラタは太陽のように明るく、力強い雰囲気を放っていたが、日向はどちらかというと玲瓏《れいろう》な月を思わせる静かな雰囲気がある。

「アラタに弟がいたんですね」

「改めて言うことでもないからな。すごいのは兄貴であって俺じゃない」

「でも兄弟がいたなら、ギガントニオは」

「当時十二歳だった俺にパークの管理は不可能だった。『アラタ』が残したものの権利を主張するのは彼とともに生きた世代のスケーターたちだ」

「でも」

日向がもっと前に出て、アラタの遺志を主張してくれれば、ギガントニオはああも竜玄に私物化されなかったのではないか。差別や暴力とは無縁の、健全なパークだったなら爽羽も、このグレイサグに集うスケーターたちも皆、もっと自由にスケボーを楽しめたのではないか。

どうしても、そんな願望が脳裏をよぎってしまう。

「こんな風に廃墟で、こそこそするしかないなんて悔しいっていうか」

「それはアンタの勝手な言い分だよ」

うめいた爽羽の後頭部を、そばにいたアコががつっと掴んだ。すらりと背が高いからか、上から見下ろされるような威圧感がある。

怒っているわけではないが、理解を示してくれたわけでもない。何だか姉に視野の狭さを諭されたような気分だ。

「相手は『ギガントニオはアラタのパークだ』って言っただけのスケーターをパークから追い出すようなガキくさいおっさんなんだ。カナデが目立つ行動をしてたら、何されたことか」

「何かあったんですか？」

「アラタさんの一周忌に仲間で集まろうって話になって、中学に上がったばっかりのアタシたちも誘われたことがあってね。そこでアラタさんの弟としてカナデを紹介して、これからもみんなで楽しく紅花町のスケボーを盛り上げようって宣言をしたかったみたいだけど」

「当日、集合場所の店に怖いお兄さんたちが大勢詰めかけて、よくわからない因縁をつけて暴れたって話。何人かは結構な怪我もさせられたってよ。俺ら三人はそっちに向かう途中で『来るな』って連絡受けたから難を逃れたけどなァ」

「証拠は何もない。憶測でものを言うな」

冷静に指摘する日向に、コージとアコがそろって肩をすくめた。

「いつもそう言うけど、カナデだってアレが偶然だ、なんて思ってないだろ」

「十年前、メソッドハイヤーが初めて開催された時も、な。当時、高校生になってたし、三人で出るかっつってエントリーしたんだけどなァ」

「あのコンテスト、竜玄さんのドラゴンカンパニーが協賛なんだよね。主催じゃないから表だって出てきたりはしなかったけど、アタシら三人、ランの順番を離された上、前後を竜玄さんが招待した海外のプロスケーターに挟まれた。あれは精神的にキタよ」

「うわ……」

観客は正直だ。目を見張るようなスキルには惜しみない拍手を与え、地味で面白みのない技には冷めた視線を送る。露骨なブーイングや嘲笑を送る者はいないが、観客のつまらなそうな雰囲気はどうしてもスケーターに伝わってしまう。

十年前なら、すでに竜玄がギガントニオを掌握しており、彼の仲間以外はパークを使えなかったはずだ。バーチカルランプもない中でろくな練習もできなかった日向たちがただ楽しむためにコンテストにエントリーした場合、自分の前後をプロで固められたら萎縮するに決まっている。想像しただけで胃が痛くなりそうだ。

「タチが悪い」

何より、やり口が陰湿で呆れてしまう。

法的な責任を取らされない範囲での嫌がらせとなると手段は限られるのかもしれないが、竜玄はそれでも執拗《しつよう》に「悪意」を伝えてくる。アラタに好意的な人たちをただひたすら嫌な気持ちにさせてやろうという暗い情熱に、爽羽は薄ら寒いものを感じた。

「確かにそれじゃ、うんざりしますね」

「やり返さなかったんすかー?」

三島が首をかしげながら言った。

「ガキの頃ならまだしも、今ならいけたんじゃねーの。日向先生だとちょっとアレっすけど、そっちのおねーさんが先頭に立って旗振ったら、集まるヤツもたくさんいそー」

「あっはは、そりゃそれで面白かったかもしれないけどね！」

「対立構造を作ってどうする。それじゃ、スケボーそのものが衰退するだけだ」

日向は冷めた口調で断言した。

確かに「アラタの弟」として名乗りを上げれば、日向の元に集まる者はいただろう。たとえランプが使えなくても、この街にはあちこちに無料のスケートパークがあり、そのどこかに集うことは可能だったはず。

だがその場合、竜玄は日向たちを目の敵にしただろう。アラタの一周忌を偲《しの》ぼうとした者たちを妨害したように、ことあるごとに手を出してきたかもしれない。

（危害を加えられたら、やり返そうとする人だって出たかも）

そして紅花町のスケーターは竜玄派と日向派に分かれ、ギスギスした敵対関係を築いただろう。いがみ合う両者の雰囲気は街の治安を悪化させ、町外のスケーターが紅花町を避けるようになると容易に想像できる。

――偉大なスケーターが死んでから、急速に荒れた街。

紅花町がそんな言葉で語られていたら、爽羽だってこの街に来たいとは思わなかった。

たとえ有名なスケートパークがあったとしても、楽しく滑れないなら意味がない。

「日向先生たちが我慢したから、ここは今までスケボーの街でいられたんですね」

「そんな美談じゃない。揉め事がうっとうしかっただけだ」

「んなわけで俺らにできることと言ったら、このグレイサグに集まることくらいなわけよ。あとあれか。アラタさんのスケートビデオをネットにアップしたこと？」

「あれって日向先生たちがやってくれたんですか？　俺、五歳の頃にあれを見て、スケボーを始めて……！　ずっとアラタを手本にして、やってきて」

「そういう次世代のスケーターが出てくることを願って、やったことだった。結果に結びついていたとはな」

一瞬、鉄面皮だった日向の口元が緩んだ。

学校にいる時の生徒に恐れられている姿と、ここで見る姿はずいぶん違う。きっと、こちらのほうが日向の素なのだろう。

廃墟のプールでスケボーを乗り回したかと思えば、気のあう仲間と舌戦を繰り広げたりもする。この街によくいる、普通の人だ。揉め事を嫌う心理も共感できる。

「わかりました。俺も日向先生とアラタの関係、誰にも言わないでおきます」

「助かる。ここにいる時はカナデでいい」

「それはちょっと……」

「内申点、下げたりしねーだろうな」

　爽羽と三島が口々に訴えると、日向がじろりとにらんできた。そばで大笑いしている
コージのスキンヘッドを殴りつつ、日向はため息をついて言った。

「学校での関係性は忘れていい」

「……がんばります」

「よっしゃー、言質《げんち》取った！　んじゃカナデ、早速だけど、あの辺、好きに使っていい一
よな！」

「あの辺って、廃墟のことか？　何するつもりだ」

「はっ、天才ライター様に愚問！」

　三島は目を輝かせ、一人で廃墟の方に駆け出していった。

　確かにグラフィティライターの三島にとって、好きなだけ落書きできる廃墟の壁や柱
は最高の遊び場に違いない。頭の中はグラフィティのことでいっぱいなのだろう。

「俺のボードも三島が書いてくれたんです。アイツ、グラフィティが生きがいで」

「ああ、商店街の駄菓子店のシャッターにも書かれていたな。そうか、あれも、春原の
ボードも三島がやったのか」

「かっこいいでしょ」

「悪くない」

日向はふっと表情を和らげた。

「だが、あの腕があるなら、ここよりももっと活かせる場所があるはずだ。そっちに話を通して……」

「日向先生？」

「春原はここで何をする？　昨日、メソッドハイヤーのポスターを見ていたが」

何やら考え込んでいたものの、日向はすぐに話題を変えた。答えはもうわかっているようなまなざしだったが、爽羽は気が引き締まる思いがした。

「練習してコンテストに出たいです。順位は気にしないけど、せっかくこの街に引っ越してきたんだから、参加する側で楽しんでみたくて。でも」

先ほど日向たちから聞いた話が脳裏をよぎる。

メソッドハイヤーに出た高校時代、ランの前後をプロスケーターで挟まれたと言っていた。同じことをやられた時、会場の空気に飲まれずに楽しめるかは自信がない。なんといってもこの街に来てから、「空気」には手こずらされてばかりなのだから。

「ちゃんと覚悟して挑まないとなって」

「そう緊張しなくてもいい。裏技がある」

「裏技？」

「そうそう！　べっつに馬鹿正直に事前にエントリーする必要はねえんだってェ」

ずい、とコージが顔を近づけてきた。

「メソッドハイヤーは飛び入り参加オッケーだからな。しれっと当日、受付を済ませばいいんだよ」

「引っ越し早々、竜玄さんに喧嘩売る根性を讃えて、今年はアタシらが事前エントリーしておくよ」

「アコさんたちが？」

「アタシらはアラタさんに直接スケボーを習ったんだ。つってもアタシはフリースタイル、カナデはダウンヒル、コージはバーチカルをメインにやるようになったから、できる技にはばらつきがあるけど」

「再現度はカナデがピカイチだよなァ。飛んでるところを見ると、今でもアラタさんが帰ってきたように思うもんよ」

「全員できるのはジャパン・エアーくらいかな。ただ、それでも十分竜玄さんは気に食わないらしい。『アラタの弟子、死すべし！』って今でも、アタシらが出場する時は毎回、飽きもせずにランの順番をいじってくる」

「やっぱり……」

「でも悪いことばかりじゃないさ。アタシらの前後をプロスケーターで固めたら、後から飛び入り参加した連中にまで絡む余裕はないだろ？　……カナデは？」

アコが意味ありげな視線で日向を見た。

「一応教師だし、教え子も見に来るだろうからって、アンタだけは毎年不参加だろ。今年はどうする？　こっち側の出場者が多ければ多いだけ、隠れ蓑《みの》が分厚くなるけど」

「……そういう言い回しをするな。わかってる。俺も出るさ」

「日向先生！」

「別に、いつ出てもかまわなかったんだ。なんとなく機会がなかっただけで」

「ま～、カナデはそんなにすごいわけじゃねえから、期待値低めでいてやって」

コージが混ぜっ返す。

「こん中じゃ俺が一番専門よォ？　つってもアラタさんの幻の新作とかは期待されちゃ困るけど」

「幻の新作って何ですか」

「兄貴が生前に開発していたオリジナルのエアトリックだ。兄貴でも成功率が六割で、コンテストでは一度も披露したことがなかったけどな」

「すごい……そんなものもあったんですね」

天才スケーターのアラタでさえ完璧にモノにできなかったのなら、他の誰もできないだろう。アラタの死とともに、そのオリジナル技も失われてしまったということか。

（俺が知らないだけで、こういうこともたくさんあるんだろうな）

過去を知る者ほど、アラタのいない世界に喪失感を募らせるのだろう。スケートビデオの中でしかアラタを知らない爽羽にはピンとこない感覚だが、それでも彼らの気持ちはすごく価値があると思った。

「俺もスケボーを続けてたら、アラタのこと、もっとたくさん知れますか」

「もちろんだ。と言っても春原はもう、兄貴のほぼ全てのことを知っているが」

「俺は何も……」

「兄貴がスケボーを愛していたこと、この街の未来のことを考えていたこと。……兄貴の頭の中は、それが全てだった」

「スキルに関しては、ビデオを通して、ちゃんとお前に受け継がれてるしなァ。ま、そこで満足されちゃつまらねえ。コンテストまであと二ヶ月。俺らがみっちり鍛えてやるよォ」

にやりと笑う大人たちを前に、ドクンと心臓が大きく高鳴った。

(まだ続いてる)

一時期はどうしたらいいかわからず、一人で途方に暮れていた道の先が。

迷子のままさまよっていた不安が消え、やっと足が地面についた気がした。

「よろしくお願いします、お世話になります!」

爽羽は深々と頭を下げた。

5

グレイサグと名付けられたスケートパークは何もかもがギガントニオとは真逆だった。

ギガントニオは室内にあり、毎日清掃業者が入る他、定期的に設備業者も点検している。室内の温度調節も完璧で、どんな季節だろうと安定した環境が用意されている。設置されたセクションも数多く、一番の目玉であるバーチカルランプ以外にも様々なスタイルに対応できる「障害物」がそろっていた。

対するグレイサグは山の中にあるため、毎日の掃除は欠かせない。秋が深まる時期は夜の間に枯れ葉や砂が舞い、プールの中に降り積もっている。雨が降れば使用禁止になり、この先、降雪の時期になればさらに使える日は限られるだろう。

おまけにスケボー専用のセクションは一つもない。この場所に集まるスケーターたちが廃材を持ち寄り、花壇の縁や道路沿いの段差、ガードレールを模した環境を作り上げているだけだ。その道のプロのように、スケボーの技術を高めることだけに集中できる環境とはとても言えない。

だが、それが最高に楽しかった。このパークの全てに関われていることも、ここに来れば仲間がいることも。

爽羽にとって、グレイサグでの日常はかけがえのないものだった。たとえ「できないこと」が多すぎて、のんきに笑っていられる心境ではなかったとしても。

「うぎゃっ」

ズドンと背中に重い衝撃が走り、爽羽は情けない悲鳴を上げた。プールの中腹で後ろ向きに転んだため、滑り台のように底面まで滑り落ちる羽目になってしまった。プロテクターはしっかりつけているので無傷だが、それでも全身の痛みからは逃げられない。仰向《あおむ》けに寝転んだまま見上げると、頭上でギラリとまばゆい光が網膜を焼いた。

……空に太陽が二つある。

いや、一つは正真正銘の太陽だが、もう一つはまがい物だ。

「カーッ、惜しいっつーか、改善の余地アリっつーか、今後に期待っつーか、気持ちじや勝ってたっつーか」

「……はっきり言ってくれていいです、コージさん」

「お前さん、思ったより下手な？」

「ぐう……」

スキンヘッドに太陽を反射させながら、プールの縁でコージが笑っている。

爽羽がグレイサグに通い始めてから、早くも三週間ほどがすぎていた。十月も半ばをすぎ、山では木々が色とりどりに色づいている。

爽羽を迎え入れた時の言葉通り、コージたちは積極的にバーチカル用の技を爽羽に伝授してくれた。最初、ランプ以外でもできる技を披露した時は彼らは爽羽の努力を大いに讃えてくれたものだ。

——一人でよくここまで頑張ったなァ、根性あるぜ、この調子ならエアトリックだってすぐにできる。

コージからそう言われた時は爽羽自身、メソッドハイヤーで活躍して喝采を浴びる姿を想像し、心躍ったものだったが。

「運動神経が壊滅的ってわけじゃねえのよなァ」

よろよろとプールから上がった爽羽に手を貸し、コージが肩をすくめた。譲り合って使うことがこのパークのルールでもあるため、爽羽は一回休憩だ。他のスケーターたちが慰めるように爽羽の肩を叩きつつ、プールに飛び込んでいくのを眺め、爽羽は少し離れた木陰で腰を下ろした。

隣に座ったコージが缶コーヒーを渡してくれる。奢《おご》りなのはありがたいが、コーヒー一杯でこの気鬱は晴れそうにない。

「実際、ドロップインの姿勢も悪くねえし、気持ちでビビっちまってるわけでもねえ。

なのになんでエアボーンもできねえかねェ」

エアボーンはエアトリックの基本とも言われる技だ。勢いをつけた後、縁から斜め上へ飛び出し、半円を描くように体勢を入れ替えてプールの斜面に戻る。これができてこそ、空中で歩くような仕草を取り入れたり、身体をシェイクするように振ったり、キックするように足を突き出したり……と様々な技に進化させられるのだ。

ジャンプする際は手でボードを摑んで支え、足から離れすぎないように補助しているし、縁から飛び出す時に恐怖で身体がこわばっているわけでもない。

……だが何度やっても成功しない。

コージに練習を見てもらい、都度アドバイスをもらっているし、自分でも滑るたびに問題点がどこなのか考えているのだが。

「なんかこう、ぶわっとしすぎてるのかも？　最初なんだから、もっとグッとしてていいんだよ。グッ、ガッ、シャアッ、ンバッ！　って感じでよォ」

「わっかんねえっす！」

「だから、ググッ、ンガッ、シャアアア！　なんだって」

「言い方の問題じゃないです！」

大きく身振り手振りも交えて教えてくれるが、コージのアドバイスは擬音が多すぎて、聞けば聞くほどわけがわからない。バーチカル専門とは言っていたが、ここまで感覚的なことしか言えないとなると、コージはコーチ役に向いていないようだ。

「……コージさんって普段、何してるんですか」

仕事でもこんな感じなのだろうか、と会ったこともないコージの同僚たちに同情しつつ尋ねる。そんな爽羽の気持ちを知ってか知らずか、コージはあっけらかんと言った。

「俺？ システム屋の営業よォ」

「営業マン!? スキンヘッドなのに？」

「これが意外と評判いいのよ」

にやりとコージは得意げに唇をゆがめた。

スキンヘッドが営業マンとして許されているかどうかはさておき、コージには似合っているため、顧客も受け入れているのかもしれない。ひょうひょうとした雰囲気で自信満々に自社のシステムを売り込まれたら、門前払いするのは難しそうだ。

「営業先でも、ンバッ、って説明してるんですか」

「そこは色々織り交ぜる！ 織り交ぜて、けむに巻いて、何だかよさそうな雰囲気を出して、資料一式置いて帰ればいいのよ」

「えええ……」

「うちの制作部の資料はできがいいからなァ。俺が帰った後、相手先が『なんかよさげだったかも』って思って資料を見返したら、ちゃんと良さは伝わるようにできてんの。

俺は第一印象担当ってわけ」

「そんなもんなんですか」

「そんなもんよォ。ちなみにアコは化粧品会社の研究員」

「研究員!?　じゃあ普段は白衣とか着てるんですか？」

「爽羽の研究員イメージってそこなのかよォ」

　ぶはっと吹き出しつつ、コージは愉快そうにうなずいた。

　コージが営業マンというのも意外だったが、アコが研究者というのも予想外だ。なんとなく警察官や自衛官といった、肉体を使う仕事に就いているのかと思い込んでいた。

「意外か？」

「ちょっと。……いや、かなり。どっちかって言うと日向先生のほうが研究者っぽい雰囲気ありますよね」

「あー、確かに。……なんつーかこれ、全員、アラタさんに言われたんだよなァ」

「アラタに？」

　首をひねると、コージは目を細めて笑った。懐かしさと寂しさの入り交じった、温かいが切なくなるようなまなざしだ。生前のアラタを知っている者たちはよくコージと同じ目をする。

「俺らがまだ小学生の時だけどな。俺が宿題できねえって嘆いてると、決まってカナデが教えたわけよ。それ見て、アラタさんが『カナデは教師に向いてるなあ』って笑ったの」

「それだけですか？」

「俺は昔からペラペラ喋りたがりだったし、アコは何かわからねえことがあると『なんで？』って納得するまで大人に聞くようなガキだった。……でもそれだけだ。アラタさんも何か根拠があって言ったわけじゃなかっただろうけどよォ」

「ああ……でも確かに、そういうのって、ちょっとだけ心に残りますよね」

「それな。中三の時、高三の時……そういう『進路を考える時期』にアラタさんの言葉がふっと脳裏をよぎったんだよな。別にアラタさんがそう言ってくれたから営業マンになろうとしたわけじゃねえんだけど、選択肢の一つとして無意識にランクインさせてたっつーか」

まだ高校一年生の爽羽にとって進路のことはピンとこないが、コージが言ったことはなんとなくわかる気がした。

大切な人の言葉はそれだけ、心に残るものだ。その一言が将来を決定づける威力を持つかどうかはわからない。言った人間と聞いた人間の関係性や立場、その時のタイミングやシチュエーションなど様々な要素が関係してくるだろう。

それでも、ほんのわずかでも心に残れば、その言葉はやんわりと本人の未来に関わっていく。アラタの想像した未来に向かって、緩やかに。

「ちょっとうらやましいです。俺もアラタと話してみたかった」

「会ってたら、めっちゃお前のことかわいがったと思うわ、アラタさん。負けん気強くて、根性あって、練習好きなスケーターとか、一番大好きなタイプだからなァ。大好きすぎて、プールに突き落として自力で這い上がってこさせたレベル」

「あはは、スパルタだ」

アラタ流の「獅子《しし》の子落とし」となると、相当過酷だろうが恐怖はない。むしろ想像するとわくわくしてくる。

（三週間失敗してるだけでへこんでたら、呆れられるよな）

爽羽は勢いよく立ち上がった。

話している間に、プールで順番待ちをしているスケーターが一巡していた。また爽羽の番がやってくる。

「今度こそ！　行ってきます」

「おー、ガンバレよィ」

ひらひらと手を振るコージに一礼し、爽羽はプールの方に駆け出した。

「……マジへこむ」

その翌日、爽羽は一年C組の自席で、ぐったりと突っ伏していた。すりむいた肘や膝、青あざができた背中や腰など満身創痍《まんしんそうい》だ。

この日の朝もグレイサグに行っていた。夜の間に舞い落ちていた落ち葉を掃き、ストレッチをしつつ、誰かが来るのをひたすら待つ。そして誰かが来てくれたら両手を広げて歓迎し、すぐさま練習を開始した。

毎日、誰よりも早くプールに来ている爽羽のことをスケーターたちは驚きつつも歓迎し、積極的にアドバイスしてくれる人も増えてきたのだが、

「一度も成功しないとか、なんでなんだ……」

「おめー、才能ねーんだな」

容赦ない言葉が降ってくると同時に、前の席に誰かがどっかりと腰を下ろした。声と、その辛辣なセリフから、誰なのかは見なくてもわかる。爽羽は突っ伏したまま、弱々しく親指を下に向けた。

「今の俺はその程度の軽口にも傷つく」

「ザコすぎねー？」

顔を上げて、じろりとにらむと、三島がふんっと鼻を鳴らした。口は悪いが、彼なりに心配して、声をかけてくれたらしい。

「コツを覚えるまでが長いタイプなんだよ、俺は。一度覚えたら、緊張してミスすることも少ないんだけど、モノにするまでが長いというか」

「はー、たまにいるよな。超絶不器用なのを努力と根性でなんとかするヤツ。いーんじゃねーの。ズタボロになりながら、あがけよ」

「おう。……そういや三島は最近、何してるんだ？　向こうであんまり見かけない気がするんだけど」

三週間前に爽羽とともにグレイサグに行ってから、一週間ほどは三島もよく足を運んでいた。廃墟の枠組みは格好のキャンバスのようで、行くたびにスローアップや簡単なピースといったグラフィティが増えていた気がする。

だがそのペースが徐々に落ち、ここ一週間ほどは新作を見ていない。信頼している友人ではあるが、どこに行くにも一緒というわけではないので、三島が何をしているのか、爽羽にはよくわからなかった。

「見たところ元気そうだし、特に悩んだり、行き詰まってたりしてるわけじゃないんだよな」

「おー、バイトだ、バイト」

「バイト？」

「額がデケーのをいくつか頼まれてよ。多分あれ、カナデが裏で手を回したんだぜ」

「どういうことだ？」

ここが学校なので、三島はあえて名字ではなく名前で呼んだのだろうが、突然日向の名前が出てきて、爽羽は首をかしげた。三島も直接日向と話したわけではないようだが、爽羽とは別ルートで色々な情報が入ってくるらしい。

「向こうで春原が滑ってる時、グラフィティ書いてると、暇なヤツらがちょいちょい話しかけてくんだわ。カナデが紅花商店街の町内会長と結構親しくしてるとか、今度のスケボーコンテストのビラ配りも手伝ってるとか」

「なんでそんなことしてるんだろ」

「この街の発展のため、だろ。表だって動くわけじゃねーけど、裏で色々やってんだってよ。俺、ちょっとアイツを見る目が変わったわ」

グレイサグに初めて来た日、爽羽たちの後から現れた日向は休日だというのにスーツを着ていた。あの日も何かしら渉外活動をしてきた後だったのだろうか。

積極的に自分の名を売るわけでもなく、自分の功績を誇るでもなく……日向は地味に、地道に紅花町のことを考え、自分のできることをやろうとしている。アラタが思い描いた未来に、この街が少しでも近づくように。

学校ではそんなそぶりは少しも見せないというのに、頭が下がる思いだ。

「そんなに兄貴のほうはでかい存在だったんだな。確かに向こうのヤツらからも、しょっちゅう『アラタ』って名前を聞くけどよ」

「そりゃ当然だって。アラタがいなかったら、この街のスケボー文化は発展しなかったも同然だし」

この事実は何があろうと揺るがない。たとえ竜玄がアラタの偉業や影響力を消そうとして躍起になったとしても、その名はスケーターたちの間で口々に語り継がれていく。スケボーカルチャーのルーツは「弾圧に対する抵抗」だ。押さえ込まれれば押さえ込まれるほど、その魂は深く歴史に刻まれていくのだから。

「まー、俺はその兄貴を知らねーけど、名前を残してやりてーって気持ちはちょっとわかるわ。ヒーローが殺されて悪が栄えてるなんて、気持ちわりーもんな」

「殺された？」

三島が何を言い出したのかわからず、爽羽は目をしばたたいた。

（アラタは事故死だ）

もう十五年前のことであり、詳しいネットニュースも残っていないが、他殺だなんて話は聞いたことがない。そんなセンセーショナルな事件なら、もっと大騒ぎになっているはずだ。

「違うのか？　川尻竜玄が裏で手を回して殺したって聞いたけどよ」

爽羽はとっさに教室内を見回した。スケボー部の堂島たちはまだ教室に来ていない。

竜玄の噂話を自分たちがしていたとしても、告げ口されることはないだろう。

それでも爽羽は声をひそめた。この街で、あまり滅多なことは言わないほうがいいのは間違いない。

「どこでそんな話が出てるんだよ。確かに竜玄さんはアラタを嫌ってるけど、さすがにそこまではしないって」

「俺に言われたって知らねーよ。ただカナデの兄貴が死んでからすぐ、ギガントニオは川尻竜玄が経営することになったんだろ？　春原が出ようとしてるスケボーコンテストも元々はその兄貴が発案したけど、川尻竜玄が私物化してるらしいじゃねーか」

「それは……」

確かにメソッドハイヤーはアラタの悲願だった。ギガントニオを建設して、バーチカルスタイルを流行らせ、優れたスケーターを生み出したら、彼らが技を競える場所が必要になる。そのために大きなスケーターコンテストを開催できれば、スケーターのためにもなるし、町おこしにもつながるとアラタは考えていた。

だが彼が亡くなり、コンテストの開催はいったん白紙になってしまった。アラタの仲間たちが市長に掛け合うなどして手を尽くし、ようやく彼の死から五年後に開催する運びになったという。

「主催はその仲間たちらしいけど、川尻竜玄も協賛として資金援助してるし、今じゃそれがないと開催も難しい。だから裏で川尻竜玄がやりたい放題してても、主催者たちは止められねーって聞いたけど、違うのか」

「そんなわけないって。……一応聞いてみるけどさ」

放課後、グレイサグに行くまで待つのももどかしく、爽羽はコージにスマホでメッセージを送った。今は仕事中だろうし、返信は昼になるかもしれないと思いきや、速攻で返信が来る。元々、あまり厳しくない会社なのか、コージがその辺を気にしないのか……。おそらく後者なのだろう。

『残念ながら本当だ』

『本当ですか』

急いで返信を打ちつつ、爽羽は手のひらに嫌な汗がにじんだ。

『全員、もう四十歳前後だからな。自分たちの生活もあるし、結婚した人も多い。この町で成功してる竜玄さんに立ち向かえってのも無理な話だ』

『そういえば、ランの順番をいじってくるって言ってましたもんね。でもさすがに、アラタを殺したっていうのは』

その後、ちょっとコージの返信が遅れた。既読マークはついたので、爽羽のメッセージは読んだようだが。

じりじりとした気持ちで画面を見つめる爽羽の目に、やがてポンとコージから返信があった。

『証拠はない』

『コージさん、その言い方じゃまるで』

『あの日、アラタさんは酔っ払った状態でスケボーに乗り、山道を猛スピードで滑り降りたそうだ。……で、カーブを曲がり切れずにガードレールを跳び越えて、崖から落下して即死だってよ』

『え……』

『天才スケーターのアラタさんが飲酒した状態でダウンヒルしたってのが俺にはさっぱり理解できねえのよ』


その日ほど、時間の進みが遅く思えた日はなかった。やっと六限目の授業を終えるチャイムが鳴り響き、教室内は一斉に活気づく。

一日の授業を全て消化し、生徒たちは狭い籠から解き放たれた小鳥のようだ。部活へ行く者、友人と連れ立って帰る者、一人で淡々と席を立つ者と様々だ。

六限目が多くの生徒にとって苦痛な数学の授業だったことも理由の一つだろう。授業自体は的確でわかりやすいが、日向は容赦なく生徒を指名し、黒板の前に立たせて数式を解かせる。きちんと解けたとしても褒めることはなく、解けなかった場合も助け船をなかなか出さないため、生徒にとっては地獄の責め苦に等しい時間だった。

まだ日向が教壇に残っているにもかかわらず、生徒たちは我先にと教室を飛び出していく。まるで鬼か蛇の前から逃げ出す村人のように。

「日向先生、一個質問がある……んですけど」

そんな中、爽羽は日向を呼び止めた。教室のあちこちで悲鳴に似たざわめきが上がったが、それに構う余裕はない。

日向はちらりと爽羽を一瞥し、どうでもよさそうな顔で教材をまとめる。

「では数学準備室へ。他には」

「じゃあ俺もっすー」

三島が爽羽に続いたが、それ以上手を上げた者はいない。ただ、先ほどは驚愕《きょうがく》一色だった視線がほんのりと賞賛に似た気配を帯びた気がした。あのヒカゲに質問する猛者《もさ》がいるなんて！　という感動だろうか。

何から何まで誤解だが、ここでそれを説明するわけにもいかない。生徒たちの無言の視線を背中に受けつつ、爽羽たちは日向と連れ立って教室を後にした。

「学校で目立つことはやめろと言っただろう」

数学準備室に入るなり、日向が呆れたような視線を向けてきた。

グレイサグで顔を合わせていることは他の学校関係者には内緒だ。その建前は一応理解できるが、煩わしそうにされると少しだけムッとする。

「数学教師に質問をするのは間違ってないと思います」

「だったら数学の質問だけ受け付けよう」

「……へりくつすぎる」

「あ？」

即座に好戦的な反応が返ってきて、爽羽はうっかり吹き出しそうになってしまった。日向はこんなにも普通に接してくれる人なのに、この学校の生徒も教師もそれを知らないのだ。

もっと大勢の人が日向のことを知ればいいと思う。彼がこの街のため、スケボーのために、どれだけ力を尽くしてくれているのかを。

（メソッドハイヤーでわかるといいな）

爽羽が集中して滑るために出場を決めてくれた彼にとっても、何か得るものがあるとよいのだが。

だがそのためにも、どうしても確かめたいことがあった。

「コージさんに聞いたんです。アラタがその」

「他殺だったかもしれない、という話だな。下に聞かせる話じゃないと散々言ったのに、あのボケ」

「それ、本当なんですか。アラタの弟に聞くべきじゃないとは思うんですけど、どうしても気になって、俺……」

「あー……」

話すべきか、やめるべきか、彼は少し迷っているようだ。断片的な話とはいえ、爽羽はもう聞いてしまった。ここで日向に追い払われたとしても忘れられそうにない。

「まあ、あちこちで聞いて回って、根も葉もない噂話を仕入れるよりはマシか」

やがて日向はため息をついた。

「その件に関して、俺は自分が知った事実しか話さない。それが物足りなかったとしても、他の誰かに聞いて回るのは禁止だ。約束できるか」

「はい！」

爽羽は勢いよくうなずいた。三島はさほど興味もないのか、軽く片手を上げるだけにとどめたが、それも了承だと受け取ったのだろう。日向は静かな口調で淡々と話し始めた。

「兄貴が死んだのはギガントニオの竣工式の日だ。十二月で、朝からみぞれ交じりの雨が降っていた。パーティーが開かれ、兄貴は大勢の招待客に囲まれていた」

「はい」

「俺は当時、まだ小学生だったから早めに家に帰された。夜の十時をすぎた頃だったか。帰ってきた兄貴は相当酔っていたが上機嫌で、俺にも紅花町の未来について熱く語ってくれた。……その後だ。兄貴は突然、慌てた様子で外に飛び出していったきり、帰ってこなかった。遺体が見つかったのは翌朝だ。当時山の上にあった実家から住宅地に向かう途中の崖下で、兄貴の乗っていたスケボーとともに」

「ガードレールを跳び越えて転落死……」

朝、コージたちが話してくれた話とも一致する。同時に、より詳しい情報を得たことで爽羽もようやく彼らの不信感が納得できた。

雨も暗闇も、スケボーにとっては大敵だ。雨で車輪が滑れば、スケボーは容易にスリップする。

アラタほどの天才スケーターがそれを知らないわけがない。しかも飲酒した状態で坂道を高速で滑り降りるなんて、自死しようとしたと言われたほうが納得してしまうほどだ。むろん、上機嫌で未来の話をしたアラタが自分で人生に幕を下ろすはずがないが。

「当時、兄貴の仲間たちも同じことを訴えたそうだ。そんな危険な行為をスケーターがするはずがない、と。だが『アラタならやりかねない』と主張する者たちがいたこともあり、警察もそれを信じたと聞いている」

「その主張した人たちって……」

「竜玄さんと、その仲間だ」

「えっ」

「竣工式には呼ばれなかったのか、来なかったのか……いずれにせよ、不参加だったそうだがな。当時、竜玄さんは兄貴と同じく二十五歳で、すでにドラゴンカンパニーの経営を軌道に乗せていた。若手実業家の発言は重みがあるとして受け止められたようだ」

日向は落ち着いていた。十五年経ち、当時の悲しみが少しは薄れたのだろうか。一瞬そう思ったが、すぐに爽羽は間違いに気づいた。日向の目はどこまでも静かで、触れたら切れそうなほど研ぎ澄まされていた。

彼の中でもきっと、アラタの事故の件は終わっていない。何年経とうと、そんな簡単に過去の出来事にできるわけがない。

(それでも警察が事故死って言ったんだもんな)

状況的にはどれだけ怪しくても、実際、アラタの死を他殺だと裏付ける証拠は何も出なかったに違いない。犯罪捜査のプロが調べて事故死だと結論づけた以上、一般人にできることはないだろう。

諦めずに独自調査を進めている場合も、生前のアラタのことを何も知らない高校生を日向が巻き込むとは思えなかった。

爽羽は十五年前の件に関し、どこまでも部外者だ。気になるという理由だけで、土足で踏み込んでいいはずがない。

「あ、俺も聞きてーことあんだけど」

　爽羽が黙ったことで話が一段落したと判断したのか、それまで黙っていた三島が口を開いた。準備室には三人しかいないとはいえ、完全にグレイサグでのノリになっている。

　日向はじろりと三島を見たが、何を言っても無駄だと判断したのか、ため息一つで終わらせた。

「学校では敬語を使え。反省文書かせるぞ」

「三回までなら余裕っすわ、ヒカゲセンセー。バイトの話だ、バイトの」

「ああ……どうだ調子は」

「一軒目は終わって、二軒目を店長と相談中。んで、三軒目のことなんだけど、なんか情報ねーのかよ」

「情報か……」

「あそこ、何年もずっと閉まってんだろ。何の店だったのかも知らねーんだわ」

　三島と日向の会話は爽羽にはよくわからなかった。今朝、日向が働きかけて、大口のバイトが決まったと三島が言っていたが、その件だろう。

　本格的に話し始めようとしている気配を察し、爽羽はきびすを返した。そこで、何かを思い出したように、日向が声をかけてくる。

「そういえばコージから送られてきた動画を観たぞ」

「あ……エアボーンの？」

爽羽があまりにも上達しないので、コージは日向に相談したのだろう。ふがいない結果を知られて顔をゆがめた爽羽に、日向は淡々と続けた。

「あの様子じゃ練習するだけ無駄だ。春原はもう、エアボーンは諦めろ」

「ええっ？」

「それよりそろそろメソッドハイヤーに焦点を合わせるべきだ。せっかくだしルーティンも自分で考えるといい。構成が固まったら、メールで提出。添削してやる」

「……反省文かよ」

ぼそっと三島がツッコミを入れたが、日向は気にした様子もない。ショックで言葉も出ない爽羽を知ってか知らずか、平然としている。

「今、竜玄さんはギガントニオから世界に羽ばたくレベルのスケーターを出すことに躍起になっているらしい。今年は神門遼太郎とスポンサー契約を結んだそうだ」

「神門ってあの、バーチカルの覇者の、ですか」

「十二月に入ったら、ギガントニオを毎日数時間、神門専用の練習場にするらしい。今年のメソッドハイヤーで神門を勝利させ、そのまま海外のコンテストに送り込む。次のオリンピックでもスケボーが正式種目になることが決まっているからな。そこに向けて、神門を育てるつもりなんだろう」

「じゃあ今年はすごく盛り上がりそうですね……」

「ああ、開催十周年ということもあって、大々的なものになりそうだ。海外からもプロスケーターが多数出場するらしいぞ」

そこで一度、日向は言葉を切った。爽羽を見つめ、不意にその唇がわずかにつり上がる。

「それがお前にとっての初コンテストだ。注目されるぞ」

「……っ」

エアボーンを諦めるということは、エアトリック全般を捨てるということだ。巨大なバーチカルランプを行ったり来たりするだけでも十分楽しいが、コンテストを見に来た観客は決してそうは思ってくれないだろう。

メソッドハイヤーでは参加者一人一人に四十五秒の持ち時間が与えられる。一度でも転倒すればそこで終了になるため、参加者は自分の実力と挑戦心を天秤《てんびん》の両側に置き、慎重に技を組み立てていく。

そんな風にスケーターがそれぞれ、自分にできる技の限界を探りながら挑戦する中、エアトリック一つないルーティンが観客の心を摑むとは思えない。爽羽の出場する四十五秒間は彼らにとって、何よりも退屈な時間になるだろう。

（日向先生がそれを知らないわけない）

なのに、客にしらけられるであろう爽羽に「注目されるぞ」なんて嫌みまで言うなんて。

日向の考えがわからず、爽羽はうつむいてきつく唇を噛んだ。

＊　＊　＊

山の方から染み入るような冷風が吹き付けてきた。

十一月に入り、紅花町では平均気温が十度を切る日も少なくない。晴れた日も鋭さを含んだ風が吹き、遠くの空も薄い氷をちりばめたようにキラキラと光って見える。

とはいえ、晴れた日はいつだって絶好のスケボー日和《びより》だ。いつもなら平日は早朝や放課後に、休日は朝からグレイサグに向かい、日暮れまでプールで滑っているのだが、爽羽はこの日、商店街近くの公園で頭を悩ませていた。

「ルーティン……ルーティンな……ルーティン……」

バーチカルのルーティンは難易度の高い技を連発すればいいわけではない。難易度に加え、技の成功率やフォームの美しさ、技と技をつなぐ構成力やスピードなど、あらゆるものが採点の対象になる。

ボードの先端を掴むノーズグラブ、後ろ側を掴むテールグラブ、つま先が向いている方向のボードの縁を掴むインディグラブ、かかと側を掴むメランコリー。

その他、進行方向に対して、どちらの手でどこを掴むか、でも別の技となる。

コーピングと呼ばれるバーチカルランプの縁《リップ》に設置されたレールにデッキの裏側を当てるのか滑らせるのか、デッキではなく車輪を当てるのか、それともトラックを当てるのか、でも違ってくる。

エアトリックができなくても、それらを組み合わせて勝負すればいい。技と技のつなぎ方がうまければ、それもまた加点の対象になるのだから。

「だよなあ……」

割り切らなくては、と爽羽は重くため息をついた。

エアボーンの練習はするなと日向に言われた以上、いつまでも「練習すればできたかもしれないエアトリック」に囚われるべきではない。今、自分ができる技を一つ一つ上げ、最良の組み合わせで構築するべきだ。頭ではそう考えているのだが……。

ヴヴヴ。

その時、鞄の中でスマホが震え、爽羽は膝の上で抱えていたノートを脇に置いた。

「うえ……」

日向からだ。メッセージの送り主を見て、とっさにスマホを自分から遠ざける。

……見たくない。気づかなかったフリをしたい。だが無視しても何も解決しないことはわかっている。

爽羽は意を決してメッセージアプリを開き、新着メッセージを薄目で見た。

『単調すぎる。やり直し』

「反省文じゃないいんだからさぁ……」

予想通りのメッセージに思わず大きなため息がこぼれた。

これで何度目だろう。言われた通りルーティンを考えては見せているが、日向からは一向にGOサインが出ない。

――つなぎが悪い。

――無難すぎる。

――もっとできることがあるだろう。

毎回、短くも容赦のないダメだしが飛んでくる。やり直しが十回を超えた辺りで爽羽は数えるのをやめた。三島はスプレー缶を没収された時、反省文を三回書かされたと言っていたが、三回で済んだ彼は天才ではないだろうか。

「せめてもうちょっと具体的なアドバイスとかさ……。そもそも、チャンスもくれないなんてあんまりだ。確かに俺は覚えるまで時間がかかるけど、一回覚えたら、ちゃんとできるのに」

自分でも言い訳がましいと思う弱音が止まらない。

無難すぎると言われても、エアボーンを禁じられているのだから、これが精一杯だ。

「内緒で練習すれば……いや」

ギガントニオを追い出されている以上、練習場所はグレイサグしかない。爽羽の件がどこまで広まっているかはわからないが、こっそり練習していることを日向が知れば、きっと不快に思うだろう。グレイサグの重鎮とも言える彼に目をつけられ、あのパークを追い出されてしまったら、今度こそ爽羽は完全に居場所を失ってしまう。

(いや……違う)

日向に嫌われるのが怖いのではない。自分の意見に背いた、というだけで彼が誰かに嫌がらせをするような人間ではないことはわかっている。

嫌われるのが怖いのではなく、失望されるのが怖いのだ。もしかしたら彼には何か、深い考えがあって、自分がそれに気づいていないだけではないか、と思えてしまって。

(だって、あの人はいつも親身になってくれた)

転校したての爽羽が同級生と揉めている現場を目にすれば声をかけてくれたし、練習場所がないと嘆いていた時はグレイサグの存在を教えてくれた。

日向はいつだって、自分が正しいと思うことを正しく実行していた。その判断に救われてきたからこそ、今度も何か理由があるのではないか、と考えてしまうのだ。

それが何なのか、爽羽にはまだわからない。エアトリック以外で爽羽だけが持つ武器でもあるのだろうか。

「ちゃんと考えてみるか」

自分に言い聞かせるようにそう呟いた時、再度スマホが震えた。

『できないことを楽しめ』

とってつけたような日向の一言を見て、思わず苦笑いがこぼれた。

できないことを楽しめ、はアラタもスケートビデオの中で繰り返し言っていた。何事も、できなかった時の悩みはできるようになった後では決して味わえない。「今」を味わい尽くすのがスケボーの醍醐味《だいごみ》なのだと彼は楽しげに語っていた。

彼のその言葉に背中を押され、爽羽はこれまでも腐らずに練習してこられたように思う。一番初めはボードに乗り、地面を蹴る「プッシュ」ですら難しかった。平地で助走をつけ、ボードと一緒にジャンプする「オーリー」も一日、二日でできたわけではない。それでも何度失敗しても諦めずにトライし、ついにできるようになった時の喜びは忘れられない。それらの技は今でも、爽羽の大切な相棒だ。

(日向先生も同じだったんだろうな)

そんな彼にとって、アラタの死は重すぎるほど重い意味を持つはずだ。

ふと痛ましさが胸を突く。

数日前、アラタの死に不審な点があることを知った。あの日のことを考えると、無関係の爽羽でも気分が沈む。

アラタがもし本当に誰かに殺されたのだとしたら、犯人の動機は一体何だったのだろう。

殺人というのはそれだけ重いはずだ。愛憎の果てだろうと私利私欲の果てだろうと、相手の人生をまるごと飲み込み、自分のものにする覚悟がなければできないはずだ。飲み込んだ後も、消化不良を起こせば良心の呵責《かしやく》に耐えかねて自滅する。一生を、殺した相手に支配されるようなものだ。

アラタのような天才を前にして、その覚悟を抱ける人間がいるのだろうか。そんなことをしたら、死ぬまでアラタに囚われるだろうに。

「考えても仕方ないか」

爽羽はため息をつき、堂々巡りに陥りそうになった思考を断ち切った。

どんなに考えたところで、爽羽ができることは何もない。

爽羽にできることはスケボーだけだ。アラタのビデオを観て、アラタから直接習った日向にアドバイスをもらい、彼の作ったスケートパークで滑る。

「そのためにも今はルーティンを……」

「いいボードじゃねえか」

「へ？」

突然、力強く声をかけられ、爽羽は目をしばたたいた。少し前にこれと同じ声を聞いた気がする。

何気なく顔を上げ、爽羽は思わず息を呑んだ。

「神門遼太郎……!?」

「俺を知ってんのか。さすが紅花町」

バーチカルの覇者、神門遼太郎が立っている。以前、インタビュー番組で喋っていた時と同じく、スケボーを小脇に抱えて、最新のスケボーファッションに身を包んで。

「今日道を歩いてるだけで、三人に声をかけられた。都会じゃ素通りされる一般人なのに、この街じゃ有名人になった気分だ」

「正真正銘、有名人ですから」

「そうか？」

「なんでここに……。あ、そういえばドラゴンカンパニーとスポンサー契約を結んだって」

「その話も伝わってんのか、めんどくせえな……。こりゃ広告塔として酷使されそうだ」

「面倒なんですか」

「あ？　面倒だろ、普通に」

神門は言葉を選ぶこともなく、あっさりと言った。以前、インタビューを受けていた時と違い、口調は驚くほど荒い。これが彼の「素」なのだろう。

この紅花町で竜玄の顔色を窺わない者を見るのは新鮮だ。スポンサーならば普通のスケーター以上に気を遣いそうなものだが、神門はそうした「大人の事情」は気にしていないらしい。

荒々しく、不遜《ふそん》な言動はこれまで積み重ねた実績と才能に裏打ちされたものだ。王者の風格という言葉がよく似合う。

「でもまあ、我慢しねえとな。来月になりゃ、ギガントニオを無料で使わせてくれるってんだから、多少笑顔を振りまいとかねえと」

「あはは、今日は下見か何かですか？」

「取材だ。ギガントニオでインタビュー受けて、ちょっと滑って、動画と写真撮られて、記事になる。めんどくせえ」

「さっきからすごい面倒くさがる……」

「取材とか嫌いなんだよ。それ用の『俺』になんなきゃいけねえし」

その言葉に爽羽は思わず吹き出した。

「優等生の王者、みたいな感じですか」

「おお、『アラタみたいなヤツ』だな。上の連中はそういうのをめちゃくちゃ喜ぶんだ。自由で破天荒だが、無礼なわけじゃねえ。誰にでも人なつっこくて、いいヤツで、それでいてちょっと手間のかかる天才……ってな。未だに口を開きゃアラタアラタって、そういう鳴き声の怪鳥かよ」

「そんなことまで言っちゃっていいんですか」

「お前相手なら平気だろ」

「……?」

「そのボード、すげえいいな」

ベンチに立てかけていたスケボーを指さされ、爽羽は合点がいった。

ひと月前、初めてグレイサグに行った時もコージたちに褒められた。羽の生えたオオカミのボードはこの街で、新鮮さと反骨精神の象徴のように見られることが多い。

「俺も超気に入ってます。友人が書いてくれて」

「まあグラフィティ自体もいけてるけどよ。その傷、いいな」

「あ、そっち……」

ボードの裏側を使って滑るスライド系の技はエアトリックができない爽羽にとって、最大の武器だ。ここは完璧にしておかなければ、と徹底的に練習していた。

改めて見てみると、この二ヶ月でグラフィティは傷だらけになっていた。

夢中で練習した者だけが、この傷を負う。きれいだったオオカミは今猛々《たけだけ》しさと精悍《せいかん》さが増し、一回りも二回りも大きく見えた。

「その傷を持つヤツなら、マジでスケボーをやってるだろうからな。ギガントニオを批判したところで『竜玄さんに失礼ですよ！』なんて文句は言わねえし、告げ口もしねえだろ」

「誰かに何か言われたんですか？」

「あの人のボード、ブランドものの部品をゴテゴテ組み合わせててひどいもんだぜ。見てられなくて助言してやろうとしたら、取り巻き連中に止められた。あとはこれだな」

神門が小脇に抱えたボードを見せてきた。ドラゴンと稲妻が絡み合ったグラフィティだ。デザイン自体はかっこいいが、そこに込められた意図を感じると胸焼けしそうになる。

「う……っ、どっちか一つでも重いのに、両方合わさってるとやばいですね」

「スポンサー契約結ぶ条件の一つがこれだとよ、クソだせえ」

「でも受け取ったんですね」

「アラタのパークを貸し切れるんだ。これくらいは我慢してやるさ」

——アラタのパーク。

神門は当然のように言い切った。その力強さは爽快だが、

（言ったんだろうな）

本心ではアラタのパークだと思いつつも、竜玄の前では「ギガントニオはアンタのパークだ」と。

そしてその言葉に気を良くした竜玄とスポンサー契約を結び、神門は金銭的な心配をせずにスケボーをする生活を手に入れた。

それが間違っているとは言わない。人それぞれ、様々な価値観や事情があるだろう。目的地がはっきりわかっているのなら、最短距離を駆け抜けるのもまたプロフェッショナルなあり方だ。

だからこれは単なる感想だ。神門は自分とは違う道を歩く人なんだな、という。自分の正しさを証明したいわけではなく、言い争いたいわけでもない。ただバーチカルの覇者として名をはせる男が自分とは違う価値観を持つ男なのだと感じただけだ。

「今回のメソッドハイヤーで優勝したら、俺は日本を出る。アラタが死んで日本のスケボーは十年後退した、とか言ってる連中もいるから、目を覚まさせてやらねえと」

「目を覚まさせる？」

「知ってるか？　実はアラタが開発途中だった幻のエアトリックがあるんだ」

「あ……」

先日、日向たちからも同じ話を聞いた。爽羽がピンときたのを察したか、神門はレアもののトレーディングカードを自慢する子供のようににやりと笑った。

「竜玄さんが映像を取り寄せてくれた。見たけど、意味わからなすぎて震えたぜ。あれをものにできたら、海外でも素晴らしいスケーター《リッパー》として名を売れる」

「もしかして今回、披露するんですか」

「ははっ、俺もまだ成功率三割ってところだ。一発勝負するほど命知らずにはなれねえよ」

「そうですか……」

「でもまあ、俺にはこの先も時間がある。いずれ俺のものにしてみせるぜ。『ミカド・エアー』爆誕ってな」

「確かに自分の名前が付いたエアトリックって憧れますね」

「そうだろ。……っし、決めた！　お前も来い」

「どこに？」

「ギガントニオ。今日、取材の後に滑れるっつっただろ。お前に俺のスケボーを見せてやる」

「え……ええっ」

あまりにも予想外の展開に爽羽はぎょっとした。

だが神門は困惑する爽羽にはお構いなしで、強引にベンチから立たせ、がしっと肩を組んで歩き出す。
（俺は……ギガントニオを、出禁に……！）
あわあわとうろたえている中、言葉がうまく出てこない。
そのまま爽羽は神門に捕まったまま、公園を後にした。

6

約二ヶ月ぶりに足を踏み入れたギガントニオは良くも悪くも、何も変わっていなかった。

外の肌寒さが嘘のように室内は適温で、明るいライトで照らされている。バーチカルランプを筆頭とした各セクションも手入れが行き届いていて、テクニックを極めようとするアスリートにとって、快適な環境が用意されていた。

ここにいれば、スケボーのことだけ考えていられる。滑り始める前に自分たちでセクションの掃除や整備をすることもなく、悪天候だろうと関係ない。

ただそれらの恩恵は全て、「竜玄の仲間」限定の特権だ。ドラゴンや稲妻が刻まれたボードを持つ者だけが、この快適な環境を享受できる。

「……おい、あれ見ろよ」

「は？　なんであんなのが」

ひそひそとあちこちでささやき声が聞こえ、爽羽は自然と身をこわばらせた。

射るような敵意が爽羽のボードに集中する。さすがに二ヶ月前、出入り禁止になった高校生の顔を覚えている者はいないようだが、この場でオオカミのボードは嫌でも人目を引くのだろう。

一瞬、隠したくなったが、爽羽はそんな自分を叱咤《しった》した。これは爽羽の相棒だ。誰かの目を気にして隠すものではない。

「遅かったね、神門くん。皆、待っていたよ」

爽羽とともに入ってきた神門に気づき、竜玄が近づいてきた。彼の背後には十名ほどの報道関係者が控えていて、カメラも設置されている。全員、バーチカルの覇者、神門遼太郎の取材に来たのだ。

「ご友人かな。今日は関係者以外、立ち入り禁止なんだがね」

「まあまあ、見学者は結構いるじゃないですか。一人くらい増えてもかまわないでしょ？」

「……まあ、君がそう言うなら特例で」

竜玄は冷たい目で爽羽を見据えたものの、神門の顔を立てるように引き下がった。スポンサーという立場だが、竜玄は神門の意見を尊重している。実力者に対する礼儀だろうか。

「んじゃ適当に取材受けてくるから、お前は気楽にしてろよ。……っと、そういやお前、名前は」

今更のように尋ねられ、爽羽は苦笑した。名前も知らない者を連れてくるところもまた、自由気ままな「王者」らしい。

「爽羽です。春原爽羽」

「おう、爽羽。じゃ取材が終わるまで待ってろ」

にやっと笑い、神門は取材陣の方へ歩いていった。取材が終われば、彼はランプで滑るのだろう。王者のスケボーを間近で見られることは確かに爽羽にとっても得るものが多い。どんな気まぐれだろうと、ありがたかった。

「まさか、こんな手を使って潜り込んでくるとは」

竜玄が爽羽を見下ろし、舌打ちした。彼は取り巻き連中とは違い、二ヶ月前に自分が追放した少年の顔を覚えていたらしい。驚異的な記憶力だ。

「何が目的だ?」

「な、何も……。偶然神門さんに公園で会って、連れてこられただけです」

「そのような言い分を信じるとでも?」

「えっと……逆に嘘をつく理由がないっていうか……」

客観的に見れば、スケーターが一人、室内スケートパークに来ただけだ。神門や竜玄の仲間を差し置いてランプで滑らせろと駄々をこねたわけではなく、ランプに落書きをしたりセクションを破壊したり、といった迷惑行為をしたわけでもない。ここを「アラタのパーク」だと言い張る爽羽が目障りなのはわかるが、これほど警戒されることだろうか。

「……『彼』の考えそうなことだ。自分が来られないからといって、下っ端を送り込んでくるとは」

「彼って」

「君も哀れなヤツだ。意地を張ってここを飛び出したところでオオカミになれるはずもなく、結局走狗《そうく》に成り下がっている。……だが何を企《たくら》もうと無駄なことだ。大人しく帰って、ここには何もなかったと報告するんだな」

言うだけ言い、竜玄は神門たちの方に歩いていった。爽羽に見せた敵意に満ちたまなざしはきれいに隠し、やり手の実業家として愛想のいい仮面をかぶっている。

（彼？　何かを企む？）

意味がわからず、困惑した時、ふと鞄に入れていたスマホが震えた。

日向からメッセージが届いている。「今日は行く」とだけ書かれたメッセージを見て、爽羽は思わず口元が緩んだ。

公園でルーティンのダメ出しをされた後、爽羽からの連絡が途絶えたことを気にしたのだろう。「今日はグレイサグに行くから、行き詰まっているようならその時に直接相談に乗る」と言っているに違いない。

「わかりにくすぎ……」

言葉というのは相手に伝わらなければ意味がないのではないだろうか。

返事できなかったのはギガントニオに来ているからだ、と返信しようとし……爽羽の脳裏に何かが引っかかった。

そういえば、日向たちもギガントニオに入れてもらえない、と以前言っていた気がする。彼がアラタの弟だからだろう。

——彼の考えそうなことだ。

——下っ端を送り込んでくるとは。

先ほど竜玄が吐き捨てるように言った声がよみがえる。あれは日向のことだったのではないだろうか。

(竜玄さんは、日向先生が誰かをギガントニオに送り込むと思ってる……?)

一体なぜ。ここは立派なスケートパークだが、それ以上でもそれ以下でもないはずだ。

(実は竜玄さんがギガントニオを不正に奪った証拠とか、ここの権利書みたいなものがあって、それを盗《と》られたらギガントニオを日向先生に渡さないといけないとか……って、そんなことあり得ないか)

どんな書類が該当するのか見当もつかないが、そうしたモノがあるとしたら普通は自分の手元に保管するはずだ。竜玄の自宅や貸金庫ならともかく、多くのスケーターが出入りするスケートパーク内に放置しておくはずがない。

（ここに、調べられたら困るような何かがあるのかな）

……例えば、殺人の証拠とか。

「……っ」

発想が飛躍しすぎだ、と自分でも呆れた。これでは権利書がどうの、と同じ荒唐無稽な考えではないか。

だが、一度浮かんだ考えを、今度は自分で打ち消せない。

アラタは十五年前、冷たい雨が降る深夜、飲酒した状態で山道をスケボーで下り、カーブを曲がり切れずに崖下に転落した。あまりにも命知らずで無謀な行為だが、アラタのことを知る竜玄たちが「アラタならやりかねない」と証言したことで、事故として処理されたと日向は言っていた。

だが本当はその日、アラタは何らかの理由で竜玄に呼び出されていたとすれば、どうだろう。

竣工パーティーの後、竜玄に呼び出されて、アラタは急いでギガントニオに向かった。そこで竜玄に殺され、遺体を山道から捨てられたとしたら。

暴行の痕《あと》は崖から転落した時の傷に見せかけられる。道路にスケボーのスリップ痕がなかったとしても、雨で洗い流されたのだと判断されるかもしれない。

(いやいや、あり得ないって)

生きた時にできた傷と、死んだ後にできた傷は司法解剖すればすぐにわかる、と以前テレビドラマで聞いたことがある。殴って殺害してしまった者を崖から落としても、警察はそれらを見抜くだろう。竜玄は爽羽に比べれば遥かに社会的地位もあり、自由にできる金銭も多いだろうが、だからと言って警察関係者を買収するなどできるはずもない。

だが一度思い浮かんでしまった発想が頭から離れない。

竜玄は先ほど、爽羽を「下っ端」と呼んだ。グレイサグに出入りするようになったことを知っているのだ。

爽羽個人が竜玄にとって、そこまで警戒される人間だとは思えない。竜玄が気にしているのは日向だ。「日向が今、どれだけ多くの仲間を集め、何をしようとしているのか」を竜玄は執念深く監視しているのではないだろうか。

罪人が、いつか被害者遺族が自分の罪を暴きに来るはず、と思い込んでいるかのように。

「…………」

爽羽は意を決し、一度そっとギガントニオを出た。

『どうした』

電話をかけると、ワンコールで日向につながった。相変わらず冷たく、感情のわかりづらい声音だが、彼が情に厚いことを爽羽はもう知っている。爽羽からの連絡が途絶えたことを内心、気にかけてくれたのだろう。

少し迷ったが、爽羽は簡潔に今の状況を説明した。公園で神門に会い、なぜか気に入られてギガントニオに連れてこられた、と言った時はスマホの向こう側で日向があっけに取られた気配がした。

「……で、相変わらず竜玄さんは敵意バリバリで……。『彼の差し金か』みたいなことを言われて、スパイ扱いされたんですが、もしかしてそれって」

『俺のことだろうな』

電話の向こうで日向がため息をつく。

『竜玄さんは常に俺の動向を気にしている。この十五年間、ずっと大人しくしているんだから、いい加減勘弁してほしいんだがな』

「あの、こんなの突拍子もないって自分でも思ってるんですけど」

爽羽はたどたどしく、つい先ほど脳裏をよぎった可能性について、日向に話した。

「でもこんなのあり得ないですよね。司法解剖すればわかるってドラマでもやってたし」

『兄貴の遺体は解剖されていない』

「えっ」

『状況から、事故死に違いないと言われたからな。事件当時は両親も動揺していて、兄貴の遺体にメスを入れることに反対した』

「じゃあまさか、もしかしてその、本当に」

『……さすがにそこまではしないだろうと思いたい。だが』

「もし本当にそうしてた場合、ギガントニオにアラタの味方は入れたくない、ですよね」

証拠は残していないかもしれないが、心理的に。

いつ自分の罪が暴かれるのか、誰が自分の罪を暴くのか、と疑心暗鬼になるだろう。そんな気持ちを高圧的な態度で押さえ込み、ギガントニオから「アラタに好意的な者」を排除してきたとしたら。

——人を殺せば、その人に残りの人生を支配される。

竜玄がそうなのだろうか。彼はいきすぎた劣等感の末にアラタを殺害し、今もなお彼の死に囚われているのだろうか。

「俺、何か調べたほうがいいですか」

『何？』

「いや、せっかく来たんだし、なんかこう隠し部屋とか、不審な点がないかどうかとか」

『馬鹿馬鹿しい。そんなもの、あるわけないだろう』

「でも」

『仮に俺が竜玄さんで、ギガントニオで誰かを殺害したとしたら、自分の所有物にした時点で、全ての証拠を消し去る。隠し部屋があるなら潰すし、床に血がにじんだとしたら全て張り替える。今更、何かが出るはずがない』

「あ、そうか……」

『兄貴は事故死だ。お前もコージたちも、違ってほしいという思いが強すぎて、いもしない犯人を作り出している』

「……はい」

　はっきりと言い切られれば言い切られるほど、違和感がじわりと腹の奥に広がった。日向のセリフはまるで自分自身に言い聞かせているようだ。納得できない気持ちに蓋をするのはアラタの遺志を継ぐため、だろうか。

　紅花町の発展のため、全てのスケーターのために彼は私情を殺し、兄の死の真相を調べないようにしているのかもしれない。

（だとしたら、動くのは俺の役目なんじゃ）

一瞬そう思った爽羽の考えを読んだように、日向が即座に言い添えた。

『妙なことは考えるなよ』

「う……」

『荒唐無稽な妄想に囚われるより、お前はなんとかしてそこで滑らせてもらえる方法を考えろ。本番前に会場で滑れるなんて、またとない機会だぞ』

「なんとかって、そんな無茶な」

爽羽を通し、日向に敵対心を露《あら》わにしている竜玄を説得するなんて不可能だ。それに、そもそも別の問題も残っている。

「そりゃエアトリックするなら現地練習は大事だけど、俺に練習するなって言ったのは日向先生じゃないですか。スライド系の技とかならグレイサグでも練習できるし」

ぶすっとした不満げな声になる。

「なんか神門さんが自分の技を見せてくれるって言うんで、それ見て勉強してきます。別に諦めたわけじゃないですから！　今年のメソッドハイヤーには間に合わなくても、来年はきっとエアトリックをモノにして……」

『お前は馬鹿か？』

「はあぁあっ？」

とんでもない暴言に怒りを露わにすると、それが意外だったのか日向が一瞬黙った。

しばしの沈黙の後、彼は少し言葉を選ぶように、

『俺はエアボーンの練習は意味がないからやめろと言っただけだ』

「だから、エアトリックはするなってことでしょう？」

エアボーンは全てのエアトリックの基本になる技だ。これを禁じられるということは、エアトリック全般ができないのと同じことではないだろうか。

『いいから、やりたいようにやってみろ。竜玄さんがランプの使用を拒否したところで、そっちには報道関係者もいるんだろう？　彼らを味方につければ、竜玄さんが折れる可能性は高いぞ』

「……それって大勢の前で哀れっぽく『ランプを使わせてください～』ってしくしく泣いてみせたら、竜玄さんも大人げなく拒否し続けられないってことですか」

『子供の特権は大いに利用しろ』

はっ、と他人事《ひとごと》のような笑い声を残し、日向はさっさと電話を切ってしまった。

「あの人、意外と腹立つ……！」

スマホをにらみつけて悪態をつくが、もう遅い。

日向は確かに親切で公平だが、強情さは筋金入りだ。この様子ではこちらからかけ直してももう応えてくれないだろう。

（泣き真似なんてしたことないし）

頑張って泣いてみせたところで、口がうまくて社交的な竜玄がうろたえるとも思えない。爽羽を笑いものにして追い出した上、報道関係者を言いくるめるくらい、お手の物ではないだろうか。

ここは当初の予定通り、神門の滑りを見学して帰ろうと考え、爽羽がギガントニオに戻った時だった。

「どこ行ってたんだ、爽羽！」

神門が爽羽を見つけ、足早に近づいてきた。

なぜか一斉に周囲の視線も爽羽に集まる。

「な、なんですか？」

「来いよ、竜玄さんから許可をもらった」

「許可？　何の？」

「ここで滑る許可に決まってんだろ。俺が滑る前に、一本だけな」

「ええっ、なんで……」

「お前、メソッドハイヤーに出たいんだろ」

ずんずんと近づいてきた神門が爽羽の首に腕を回し、ささやいた。正面からハグするような体勢だったため、神門がささやいたのは竜玄には見えなかっただろう。爽羽だけが、ハッと息を呑む。

「さっき公園でうんうんうなってんの、見てたからよ。何してんだって思ったけどあれ、ルーティンを考えてたんだろ」

「それは」

「その代わり条件がある」

　神門がにやりと笑った気配がした。

「この街のどこかにアラタの弟が作ったパークがあるんだってな。ギガントニオを追い出された連中はみんな、そこで練習してるって話を今聞いた。爽羽、お前も普段はそこにいるんだって？」

「………」

　一体誰が、と脳裏に警戒心がちらつく。

　だがそのことを深く考えるより先に、神門が続けた。

「今、滑らせてやるから、俺をそこに案内しろよ。会ってみてえ」

「……『アラタの弟』に、ですか？　なんで神門さんが……」

「一応アラタの後継者なんて呼ばれてるからな。弟さんにも挨拶しとかなきゃ、だろ」

　日向は自分が「アラタの弟」として知られることに慎重だった。自分が竜玄を刺激する存在だとわかっているからだろう。

　そんな日向と神門が顔を合わせることを竜玄が望むはずがない。

（ただの挨拶で終わるならいいけど、もし神門さんが日向先生と手を組む、なんて言い出したら……）

バーチカルの覇者、神門遼太郎を味方につけたアラタの弟、日向奏と、豊富な財力とギガントニオの所有権を持つ川尻竜玄の対立が本格化してしまう。

「俺はつなぎ役とかできないです」

「滑りたくねえのかよ」

「交換条件をのまなきゃいけないなら、滑らなくていいです」

「強情だな」

首に回された神門の腕に力がこもった。

他人に拒否されることに慣れていないのだろうか。腹立たしさと忌ま忌ましさを隠そうともせず、神門は爽羽を威圧してくる。

（俺はまた）

空気を読み間違えただろうか。

ドクン、と心臓が大きく跳ねる。今、ここに自分の味方は誰もいない。誰も彼もが両手を広げて歓迎してくれたグレイサグとは違うのだ。報道関係者がいる以上、大きな騒動にはならないはずだが、それでも自分の行動が原因で、日向たちを巻き込むような事態に発展したら……。

じり、と爽羽が一歩後ずさった時だった。

「んなビビるなよ、冗談だって！」

パッと神門が手を離した。先ほどまでの凄みはどこへやら、彼は明るく笑い、両手を広げた。

「そっちは適当になんとかするさ。お前は気にせず滑ってみろよ。お前のできる技の範《はん》疇《ちゅう》で、特別に俺がルーティン考えてやる」

「な、なんで俺に」

「そりゃ、そのボードが気に入ったから」

傷だらけのオオカミを指さし、王が笑う。戦い抜いて傷だらけになった傭兵《ようへい》を気まぐれにねぎらうように「上」から。

その態度に何も感じないと言えば嘘になる。「できないことを楽しめ」と言ったアラタや日向と、神門は明らかに違う。

(それでも……条件なしで、ランプで滑れる)

まさかこんな形で、日向が提案したことが叶《かな》うとは。

爽羽は神門に頭を下げ、ランプに向かった。

途中、神門から借りたプロテクターを肘や膝につけ、ヘルメットをかぶる間、あちこちから値踏みするような視線を感じた。

そのほとんどが竜玄の仲間たちからの敵意あるまなざしだ。失敗しろ、恥をかけ、と呪いのような視線が突き刺さる。

だがその中にわずかに、ふわっと心が沸き立つような視線も感じた。一体誰が、と周囲を見回し、意外なことに気がつく。

報道関係者たちだ。

——彼は誰だ。

——神門の知り合いなのか？

——うまいのか？　どんなことができるんだ？

そうした混じりけのない好奇心を含んだ視線が向けられる。相手の所属も性別も年齢も関係なく、ただただこれから起きることを楽しみにしているようだ。竜玄の仲間たちより、彼らのほうがよほど純粋にスケボーを楽しんでいると言える。

（やってみよう）

彼らの視線に背中を押された心地がして、爽羽はランプのプラットフォームに上がった。四メートル級のランプは高く、上から見下ろしてみると、その傾斜はほぼ直角だ。急な坂を下るというより、ほとんど崖から飛び降りる心境に近い。

それでも、二ヶ月前に初めてこの場所に立った時も今も、緊張はするが恐怖で足がすくんだりはしない。バーチカルを滑る者にとって、最初に克服すべき恐怖がこの「ランプにドロップインする瞬間」だというのに。

多分、何度もアラタのビデオを観ていたからだろう。彼の視界を共有し、彼のように滑りたいと願い、何度も何度も自分がランプに立つ日のことを思い描いていた。数え切れないほど繰り返しシミュレーションしたおかげで、爽羽にとってプラットフォームの上は初めて立つ場所にもかかわらず、なじみ深い場所になっていたに違いない。

さらに今はグレイサグのプールで練習してきた経験もある。プールは水深三メートルほどだが、こうしてギガントニオのプラットフォームに立ってみると、そこまで大きな違いはない。

——やりたいようにやってみろ。

ふと先ほど通話していた時、日向に言われた言葉がよみがえった。

爽羽にとって「やりたいこと」は一つだけだ。三週間、一度も成功しなかったし、コージにもさじを投げられた。

それでも、やっていいのだと思うだけで手足に血が通い、わくわくする気持ちだけが膨らんでいく。

今から滑れる。滑っていいのだ。

アラタが夢を描き、形にしたこのバーチカルランプで。

「よし」

ボードに両足を乗せ、デッキをコーピングと呼ばれるランプの縁に引っかける。まるでスケボーが飛び込み台になったような格好だ。

そのまま姿勢を一気に前に倒し……、

「……ふ」

爽羽はがくんとスケボーごと落下した。

重心は前へ。膝を使い、バランスを取る。

ゴオッと耳元でくぐもった風の音が聞こえた。

ジャアアッと荒々しい車輪の音も。

今、ランプにいるのは爽羽一人だ。落下の恐怖や転倒の恐怖に怯《おび》えたとしても、分かち合ってくれる人は誰もいない。

だが不思議と、爽羽はすぐ隣に誰かの気配を感じた気がした。このスピードとスリルを心から楽しみ、笑い出しそうなほど興奮している誰かの気配を。

『……つか、たまんねえなあ！』

ははは、と誰かが耳元で笑った。

『ビビることねえぞ！　勢いをつければつけるだけ、ランプじゃ逆に安全になる。高さが出るからな。ミスったとしても、ランプの傾斜に軟着陸すりゃいいだけだ』

（アラタ）

スケートビデオで繰り返し聞いたアラタの声だ。それが今、爽羽の耳元で聞こえている。

ランプにいるのだ。アラタは今も。

十五年間、ずっと彼はここで自由気ままに滑っている。

『想像しろよ。空に飛び出した瞬間、重力がなくなるんだ。色々考えてても、全部ぽかっと吹っ飛んで、景色だけが視界いっぱいに広がる。目の前にあったコンクリが一瞬で消えて、遠くの街が一望できる瞬間を』

それはたまらなく興奮しそうだ。

『合図は俺がしてやる。いいか、あわせろよ』

(――ああ)

『さん、に、いち……っしゃあ、かっとべ!!』

「……い、けえええっ!」

自分がいつもボードの後ろ側を弾くより、二秒ほど遅い合図だった。

反対側のコーピングがギリギリまで迫り、車輪に引っかかる直前で爽羽はボードの後ろ側に体重をかけた。

その勢いで前輪が浮く。

ボードが浮く。

身体が浮く。

そのまま勢いを一切殺さず――爽羽は飛んだ。

「う、わあっ」

自分が今までグレイサグで練習してきたどんなシーンよりも高さが出た。グンッと誰かに引っ張り上げられるような感覚とともに、高く、高く跳躍する。

おお、と歓声が上がった。わくわくしていた報道関係者だけではなく、竜玄の仲間たちも目を丸くして爽羽のジャンプに見入っている。

（すごい）

自分でも唖然とした。

同時に、これほど高さがあれば、何かできるかも、という確信めいた予感がした。失敗続きだったエアトリックが今ならメイクできるかも。

パッと脳裏に浮かんだのはジャパン・エアーだ。アラタのスケートビデオで繰り返し見たし、彼の生き写しのようなスキルを持つ日向も披露してくれた技。

ボードを手で支えつつ、身体にひねりを加えるのだ。

今ならできる。自信がある。

その核心に突き動かされ、身体をひねった時だった。

「うわっ」

勢いがつきすぎたせいか、ひねって戻すだけの身体が大きくブレた。

体勢を立て直さなければ、という焦りで、闇雲にバランスを取ろうとする。

その瞬間、ぐるんと視界が回った。

「へぁ!?」

何が起きたのかもわからなかったが、急に視界が元に戻った。先ほどの混乱は何だったのかと思ったほど、バランスが戻り、安定感もある。

混乱する爽羽を置き去りにして、落下が始まった。目の前に斜面がぐんぐん迫る中、摑んでいたボードの上に身体を持って行き、そのままランプを滑り降りようとしたが、

「うあっ」

着地の瞬間、ほんのわずかだけバランスが崩れた。

体幹のブレが一瞬でボードに伝わり、爽羽の足下からすっぽ抜ける。ボードだけがロケットのように前に発射し、爽羽は一人、勢いよく後ろに倒れた。

「いっ……てえ……」

プロテクター越しにも衝撃が伝わり、爽羽はうめいた。今、ヘルメットがなければ大惨事になっていただろう。

大失敗だ。やったこともない大技に挑戦しようとし、バランスを崩して無様に滑った。

(やっぱ俺にエアトリックは無理かあ)

ランプの底面まで滑り落ち、大きくため息をつく。先ほどまでの高揚感もアラタの声も、何もかもが消えている。残っているのは自分の力不足を痛感する苦々しさだけだ。

これでは竜玄の仲間たちにどれだけ笑われることか。

あちこちから嘲笑が降り注ぐことを覚悟しつつ、周囲を見回した時だった。

「——う、おおお！」

わあっと歓声が上がった。ぎょっとして顔を上げると、報道関係者の一人が頬を紅潮させながら駆けてくる。

ふっくらした体型の四十代と思われる男だ。

（この人、確か）

以前、何かの番組で神門にインタビューしていた男だ、と爽羽も気づいた。名前は確か「ナンバラ」と言ったか。

「今のは誰から習ったんだい！」

「今のって……」

「だから今のだよ！　今のエアトリック！」

ジャパン・エアーの失敗作のことを言っているのだろうか。無様に転倒したことを蒸し返されたのかと思ったが、がつっと両肩を摑まれ、我に返る。シャツ越しに伝わってくる南原の手のひらは異様なほど熱い。彼が年甲斐《としがい》もなく興奮しているのが伝わってきた。

「前に一回見たことがあるんだ。アラタが見せてくれた。開発途中だから成功するかどうかわからない、なんて笑ってたし、三回やって、やっと一回成功した感じだったけど……でもすごかった。あんなの見たことなかった」

「え、え？」

「ノーズグラブからの前方宙返り《フロントフリップ》！　アラタがいなくなって、あんなことができるスケーターはもういないと思ってたのに」

くしゃりと南原は顔をゆがめた。みるみるうちに鼻の頭が赤くなり、彼の目から涙がこぼれる。

「あの……」

「アラタ・エアーだ。……まだ生きてた。まだつながってる」

「君は、誰なんだい？　アラタとはどういう関係？」

「関係って？」

「……やってくれたな、春原くん」

その時、忌ま忌ましそうに竜玄が話に割り込んだ。

「それは神門くんに練習してもらっていたものだ。日向奏も同じことを考えていたとはな」

「日向先生が何か……」

「日向奏ってアラタの弟さんの？」

爽羽が問い返すより先に、南原が勢いよく反応した。めまぐるしく脳内で色々な情報を組み立てたのか、涙で潤んでいた目が今度は大きく見開かれた。

「そうか……春原くんって言った？　君は今、カナデくんの元でスケボーをやってるんだね？　カナデくんならアラタの技も全部見てる。彼はそれを君に全部伝授しようとしてるんだね！」

「え、……は？」

「うれしいよ、すごく……本当にすごく。アラタの魂はちゃんと後世につながれてたんだね。またスケボーでわくわくできる時代が来るんだ。当然、君もメソッドハイヤーに出るんだろう？　アラタ・エアーの完成を心から待ってるよ！」

ぎゅうっとハグされ、何度も背中を叩かれて、爽羽は目を白黒させた。

何が何だかわからないが、どうやら今、自分はとんでもないことをしたらしい。完全に偶然の産物だが、アラタが開発途中だったエアトリックをなぞったようだ。無我夢中だったので何をしたのかもわからないが。

（ノーズグラブからの前転って……）

それが成功すれば、確かにものすごい。そもそも目一杯助走をつけたところで、空に飛び出してから前転するには相応の高さが必要になる。踏み込みのタイミングとキックの強さ。十分な高さを出した後で恐れずに前転する勇気と、その後ボードに着地して再び斜面に戻る体幹とバランス感覚の全てを兼ね備えなければならない。

天才スケーターと謳われたアラタですら完璧にものにするのに難航し、結局技が未完成のままこの世を去ったというのだから、とんでもない難易度だ。

そんなアラタの練習風景を映した映像をどこからか入手し、竜玄は神門に練習させていた……。

（これを神門さんは練習してたんだ。成功したらミカド・エアーって名付けるつもりで）

エアトリックの名付けルールは特に決まっていない。開発者の名前が付けられることもあれば、誰からともなく呼ばれるようになった名前が定着することもある。

ただ開発者がこだわりを持って発言すれば、それが尊重されることは多い。竜玄は神門にその技を初披露させ、「アラタ・エアー」という名前を消し去ろうとしたのだろうか。

「竜玄さんはそこまでアラタを……」

「忌ま忌ましいことだ。潰しても潰しても這い上がってくる」

竜玄は顔をゆがめて舌打ちした。その憎悪に、爽羽は総毛立った。

十五年経った今でも、竜玄はアラタを憎み、その死に囚われている。ならば十五年前、生きていたアラタに対する憎しみはどれほどのものだったのだろう。

——彼なら、アラタを殺害しかねない。

そんな確信めいた想いが爽羽の胸をよぎった。

「素人《しろうと》かと思って優しくしてやりゃ、ふざけた真似しやがって」

呆然《ぼうぜん》としていた爽羽に神門が近づいてきた。自分の取材日に派手なことをして話題を攫《さら》った素人がいたのだから、その怒りはもっともだ。

彼はもう「日向に会わせろ」とは言わなかった。

竜玄の隣に立ち、憎々しげに爽羽をにらむ。

「メソッドハイヤーで潰してやるよ、逃げるんじゃねえぞ」

7

「はあああ?」

グレイサグにコージの悲鳴じみた絶叫が響いた。集まっていた日向とアコは無言だったが、表情自体は似たようなものだ。驚きと困惑、呆れの表情の奥にほんのわずかな畏怖の念がちらついている。

昨日起きたことを相談したくて朝早くからグレイサグで待っていたのだが、この反応を見る限り、やはりまずいことをしてしまったようだ。

「ギガントニオでアラタ・エアーを決めかけて、竜玄さんと神門遼太郎にバチバチに喧嘩売ってきたァ!? お前、それ本気で言ってる? 作り話じゃなくて?」

「一応……。つか、喧嘩売ったんじゃなくて売られたんですけど。そもそもアレがアラタ・エアーなのかもわからないですけど、その場にいた記者の人がそうだって……」

「ノーズグラブからの一回転なら、アラタ・エアーしかねえよオオォ」

ばかっ、となぜか可憐な少女のように舌足らずに罵り、コージはその場にバタリと倒れた。木枯らしが吹きすさぶ中、寒くないのだろうか。

「爽羽、エアボーンもできなかったのに、なんであれこれすっ飛ばしてアラタ・エアーになるわけ？　進化の過程無視？　ミッシングリンク？　はー……勢いのある素人こえェ、なんなの、こえェ。酸欠だか貧血だかでクラクラしてきたァ」

「だが、あり得ることだ」

衝撃を振り払うように、日向が軽く頭を振った。

「アラタ・エアーは予想していなかったが、春原にはある程度のエアトリックを決める素地がすでにできていたからな」

「へあ……そうかァ？」

「お前は直接見ていたくせに、なんで気づかないんだ。プールの縁から飛び出した後、春原は顔を上げて、重心を高く保っていただろう。体幹は安定していて、やろうと思えばボードを左右に振ること《シフティー》や足を蹴りだす《キック》動作もできたはずだ」

目を丸くするコージに、日向は淡々と続けた。

「おそらく兄貴のスケートビデオを観て、ジャパン・エアーやジュードー・エアーの動きを覚えたんだろう。そして環境が整わなかった間中、イメトレでひたすら精度を磨いていた……。そんな春原が初めてプールで滑れることになったなら、当然、兄貴の動きを真似するはずだ」

「うへァ……つまりアレかァ？　必殺シュートを打つ気満々のヤツに、俺はインサイドキックを教えてたと？」

「サッカーで例えられても俺にはピンとこないが、まあ言わんとしていることはわかる。そんなところだ」

インサイドキックはサッカーにおいてパスやシュートの基本になる「ボールの蹴り方」だ。サッカーを始めたばかりの素人はそれを通して姿勢の保ち方やボールコントロールを学び、より複雑な動きを学んでいく。

技術的には確実に覚えなければならないものだが、必殺シュートのように威力のあるシュートを蹴るつもりで足を振りかぶれば、ボールをうまく操れず、シュートを「ふかす」ことにもなりかねない。

(言ってることはわかった。全部やっとわかったけど……)

納得できないことはある。

「……先生は動画を観てそれがわかったから、エアボーンの練習はしなくていいって言ったんですか？」

「ああ、そう言っただろう」

「言われてないです！」

言葉が足りないにもほどがある。こっちは日向にエアトリックを禁じられたと思ってショックだったし、彼の意図がわからずに苦しんだのだ。それら全てを「全部誤解でよかったよかった」とにこやかに受け入れる余裕がない。

「俺が今までどんな気持ちで……っ！」

「何を悩むことがあるんだ？　やりたいことがはっきりしているのだから、やればよかっただろう」

「はあああっ？」

「他人に禁止されたからと言って、大人しく従う理由がわからな……いって！」

爽羽が感情のあまりに文句を叩きつけようとした瞬間、それよりも早くアコが握り拳で日向の後頭部をぶん殴った。

一切容赦のない攻撃に、日向が大きくよろめく。

「な、何をする……」

「カナデはほんとにそういうところ、ダメダメなんだよねえ。アラタさんも鈍かったけど、アンタも別のベクトルで鈍感すぎる。カナデがやるなって言ったから、爽羽はその言葉の意味を考えて考えて、わかるまでエアトリック全部控えてたんだろ」

「はあ？」

「ちゃんと尊敬されてたってこと。単なる肩書きじゃなくて、ちゃんと『センセイ』やれてる証拠じゃないか」

「……は」

アコの言葉の意味がわからない、というように一瞬ぽかんとした後、日向はカアッと赤面した。初めて見るその変化に、爽羽までつられて赤くなる。

「イヤ、別ニ、ソコマデジャナイデスケド」

「照れるな、照れるな」

「照れてないです！　つか、なんで俺がいる前でそういうこと……っ」

勝手に全部言わないでほしい。

「俺は別に……っ、ただ考えがあるなら、ちゃんと話してくれって、言いたいのはそれだけで……っ」

「諦めろィ。カナデは鈍感だけど、アコはデリカシーねえのよ」

「そういうアンタは知性と品性がないだろ」

「今、知性と品性の話、してなくねェ？」

ぎゃんぎゃん言い合いを始めたコージとアコにあっけに取られ……爽羽は思わず吹き出してしまった。

本当に性格はバラバラだが、いいトリオだ。彼らはずっとこうして三人で大騒ぎしながら、一緒に成長してきたのだろう。

「俺、どうしたらいいですか」

笑った途端、胸の奥に突っかかっていた言葉が不意にこぼれた。本当はアラタ・エアーの話より、こちらのことを相談したかったのだ。

その瞬間、コージたちがピタリと舌戦をやめた。こうやって子供の小さな声を聞き逃さずにいてくれる彼らだからこそ信頼できると思った。

「竜玄さんも神門さんも怒らせて……記者の南原さんたちは逆にすごい盛り上がっちゃって。日向先生がずっと目立たないようにしてたのを多分俺、台無しに……」

「春原」

「ここ、出て行ったほうがいいですか。俺がいたら先生たちに迷惑かけますか」

「子供がそんなことを気にするな」

ふんと日向は鼻を鳴らした。

「春原がいようがいるまいが、この街の勢力図は変わらない。一企業の社長と高校の数学教師。バーチカルの覇者とド素人。……竜玄さんと神門遼太郎のタッグを前にして、俺たちなんてミジンコだ」

「ミジンコ……」

「まあ、竜玄さんは警戒し続けるだろうが、それはさせておけばいい。こちらからしかけない限り、向こうが先に手を出すことはないはずだ。そんなことをすれば、逆に痛い腹を探られる」

「確かにことを荒立てたくないのは、あちらさんのほうだわなァ。大人しくしてるカナデと爽羽を潰したら、竜玄さんは『ドラゴンカンパニー』のブランドイメージに傷がつくし、神門遼太郎は海外遠征にケチがつくかもしれないしよ」

「むしろ爽羽が記者の前で目立ったのはよかったかもしれないよ。ほら、アタシたちはずっと、竜玄さんが役所に働きかけて、グレイサグを潰しに来るかもしれないって警戒してただろ?」

アコがパチンとウインクをした。

「でも今、この練習場所がなくなったら、この街のスケーターたちは絶対興ざめする。爽羽に恐れをなした神門と竜玄さんが裏から手を回したに違いない……ってね。スケーターってのはダサい真似が大っ嫌いだからね。そんなことしたら、竜玄さんのダメージになる」

「同じように、夜道で襲撃されました～なんてことも警戒しなくていいわな。神門は爽羽を正面から叩き潰すこと以外できねえんだから、お前も割り切って練習しとけ」

コージがのほほんと言ったが、これは日向たちも同感のようだった。むしろ記者の前で爽羽が存在感を示したことを喜んでいるように見える。

「アラタ・エアーを今、ものにできるとしたらおそらく春原だけだ。あれは兄貴が自分の滑りやすいスタイルで、自分の癖を理解した上で開発した技だからな」

「確かになァ。すでに自分のスタイルを確立しちまってる神門は相当苦戦するだろうよ」

「爽羽は気軽にチャレンジしなよ。別に失敗したっていいんだ。本番で前転まで持って行けたら、着地に失敗したって観客の脳裏には刻まれるだろ」

「でも大丈夫でしょうか。神門さんのラン順が先で、あの人が先に成功させたら、結局あの人のモノになっちゃうんじゃ……」

「いや、神門はメソッドハイヤーで新技を披露しない」

日向が断言した。コージたちも確信を持っているように深くうなずく。

「ミカド・エアー爆誕ってのは確かに魅力的だろうが、神門は今大会で優勝を狙ってんだろ。失敗したらその時点で演技終了だし、今の神門が優勝と引き換えにしてチャレンジするほどのうまみはねえわなァ。第一、元々すげえヤツがすげえ技をしたところで、お〜って感心されて終わるのが関の山だ」

「その点ド素人が突然、超難易度のアラタ・エアーを披露したら、もう会場中が大盛り上がりだろうね。スケーターもそのファンも観客も、チャレンジするヤツが大好きなのさ。失敗したとしても、今の技は何だって話題で持ちきりになる。そしたら勝手にアラタさん世代が『あれはアラタ・エアーだ』って話にしてくれるさ。……あ、もちろんこれは全部、爽羽があの技をアラタ・エアーにしていいって思ってること前提だけど」

突然気づいたようにそう言ったアコに、爽羽は苦笑した。

「自分の名前を残したいとかは別に思ってないです」

爽羽はただ、できることならアラタ・エアーに挑戦してみたいだけだ。アラタが編み出した技ということもあるし、ギガントニオで一度再現しかけた時の感覚をまた味わってみたかった。

「決まりだな。春原はメソッドハイヤーまでにアラタ・エアーを中心に練習しろ」

日向が言った。

「あいにく教えられるヤツはいないから、自力でなんとかするしかないが。……当時、兄貴の仲間たちが撮っていた動画はこっちでも保存してある。それがあれば十分だな？」

「はい！」

今までずっとそうやって練習してきたのだ。テクニックもマインドも、全部アラタに教えてもらった。

「コツさえ摑めば、ジャパン・エアーなんかのエアトリックもできるようになるだろう。そうなると……もしかすると面白いことになるかもな」

「面白いこと？」

「単なるトリックスターでは終わらないかもしれない」

「それは……！」

一芸に秀でた「期待の新人《ヤングガン》」ではなく「真の実力者《リッパー》」として観客の脳裏に刻まれるかもしれない、ということだろうか。そうなれば優勝争いに食い込む可能性もある。「皇帝」神門がその冠を下ろすことになるのかも。

その瞬間を想像すると、ぶるっと身体が震えた。これが武者震いというものだろうか。

「そこまではまだ実感わかないですけど……でも色々やってみたいです」

「ああ、全てを楽しめ。それがスケボーを好きで居続ける一番の秘訣《ひけつ》だ。……っと」

その時、ふと日向が言葉を切った。ポケットに入れてあったスマホが震えたようだ。

画面を見た日向が面白そうに表情を和らげる。

「三島もバイトが順調だそうだ」

「三島……！　なんか最近、めちゃくちゃ忙しそうなんですけど、やっぱり日向先生と組んで何かしてるんですね？」

「俺はただの仲介だ。……納期を守るヤツというのは、それだけで信用されるな。来月半ばには時間が空くから、どうしてもというなら俺たちのボードもデザインしてやってもいい、だそうだが」

「カァーっ、言い方が！　生意気！　でもよろしくお願いします！」

「アキラのデザインか。いいね、いいね！」

コージとアコが目を輝かせる。一瞬、子供のような顔を見せる二人に爽羽が苦笑いした時だ。

思い出したように、日向が爽羽に目を向けた。

「そういえばお前のボード、壊れてないか」

「あっ、そうなんです。アラタ・エアーを失敗した時、やっちゃったみたいで」

足下からすっぽ抜けたボードが勢いよく反対側の斜面に激突したのか、前輪の一つが割れたのだ。車輪を替えるだけなら安く済むが、トラック部分もぐらついてしまっている。

トラックは一万円弱はする高価な部品だが、背に腹は代えられない。買い換えるしかないと割り切っているが、問題はこの街に竜玄と無関係のスケボーショップがあるかどうかだ。ギガントニオでの一件で、竜玄がショップに圧力をかけていた場合、爽羽に部品を売ってくれる店があるかどうかはわからない。

「どこかにいいスケボーショップがないか、今日、先生たちに聞こうと思ってたんでした。ネットで買ってもいいんですが、俺にあまり知識がないので実物を見たり、相談したりして買わないと不安で……」

「それならうってつけの場所がある。話を通しておくから、行ってくるといい」

「うぉいカナデ、まさかそれ、あの人のところか」

顔をしかめたコージに、爽羽は首をひねった。彼が難色を示すような店なのだろうか。

若干不安になるが、日向に問いを投げる前に彼のスマホが音を立てた。礼儀正しい口調で応じているところを見ると、誰か年長者からの連絡だろう。

（まあ、日向先生がやばい店とか紹介するわけないよな）

きっと大丈夫だと自分に言い聞かせ、爽羽は胸中の違和感を飲み込んだ。

一週間後、爽羽は一人で中諏訪郷《なかすわごう》駅に降り立った。

「うわ……」

その瞬間、思わずため息がこぼれる。ローカル線で七駅しか離れていないにもかかわらず、紅花駅とは全く違う景色が広がっている。

駅のホームには土産物屋や温泉宿の幟《のぼり》が立ち、そろいのはっぴを着た観光協会の会員が元気に口上を述べていた。改札を出ると広々とした広場には中諏訪郷の歴史を記したパネルが立ち、街のパノラマ模型がドンと置かれている。

惚《ほ》れ惚《ぼ》れするような「観光地」だ。ロータリーには様々な温泉宿のロゴを描いたハイヤーが止まっており、宿泊客らしき人々が吸い込まれるようにそれぞれの車に乗り込んでいった。

「旅行に来た時みたいだ」

やや落ち着きをなくしている自分に気づき、爽羽は苦笑した。

二ヶ月前は紅花町に同じ気持ちを抱いていたが、あれから色々なことがあり、今ではもう紅花町が自分のホームタウンになっている。

そのせいだろうか。来たばかりなのに、もう帰りたい気持ちが強い。

それでも今日は重要な用事を済ませなければ。

「ここから右手側の坂道をまっすぐ二十分ほど直進、と」

教わった住所をスマホの地図アプリに打ち込み、爽羽は歩き出した。小脇にスケボーを抱えているが、爽羽以外にボードを持っている人は誰もいない。

観光客が行き交う道でのスケボーは禁止なのだろうが、そもそも空気感が紅花町とは違う。大通りを見回しても、スケボーショップは一軒もない。あちこちの塀や掲示板はこぎれいで、グラフィティのタグやスローアップは見当たらず、ストリートファッションの若者も稀《まれ》だ。

同時に、ここでは爽羽のボードに注目する人もいなかった。

(最近ちょっと変って言うか)

先週、ギガントニオでアラタ・エアーをメイクしかけてから、爽羽の周囲は少しだけ騒がしくなっていた。表だって何かを言われるわけではないが、ボードを持って町を歩くたび、あちこちからチラチラと視線が飛んでくる。

――アイツだろ、例のオオカミ。

――アラタの後継者ってマジなん？　竜玄さん、激おこらしいじゃん。

――それを言うなら神門さんだろ。最近、ギガントニオに通い詰めだってよ。

そんなささやき声が聞こえるたび、自然と身体に力が入ってしまう。普段通りにしていればいい、と日向は言ったが、生まれて初めて衆目を集める羽目になったのだから無茶な話だ。

神門は当初の予定を繰り上げ、十一月半ばの今からギガントニオで猛練習しているらしい。アラタの後継者だとささやかれていた神門にとって、爽羽の存在は自分の地位が脅かされるような感覚なのかもしれない。何が何でも、圧倒的な力量差で勝利する、とすさまじい闘志を燃やしているそうだ。

そしてそんな彼を竜玄は全力でバックアップしている。アラタの後継者を竜玄がサポートしていると考えると、少し変な気もするが……。

(多分、違うから、だろうな)

アラタと神門の共通点は「スケボーがうまい」というだけで、根底に流れるマインドもスタイルも全て違う。神門が脚光を浴びて名声を集めるほど、アラタの影は薄くなる……。竜玄はそれを狙い、神門に手を貸しているのかもしれない。

全く、誰も彼もがアラタに囚われている。アラタの後継者候補として見られるようになり、ようやく爽羽もその重みを感じるようになった。自分はただ好きで、ただ目指していただけなのだから、そこに何かの意味を持たされても困るというのに。

「そもそも俺はただ……っと、ここだ」

思考が落ち込みそうになった時、爽羽は地図アプリを見て我に返った。ぼんやりしながら歩いていたら、いつの間にか目的地に着いている。

駅前にいた観光客はあまりいない、閑散とした温泉街の外れだ。白漆喰《しろしっくい》で塗り固めた土蔵造りの家々が建ち並ぶ中、その一つに時計の絵が描かれた看板が置かれている。壁には小さく「水戸部《みとべ》」と表札がかかっていた。

年季の入った引き戸を開けて、そっと中をのぞくと、カチコチと優しい音があちこちから聞こえた。ずらりと並ぶ木製の柱時計や壁掛け時計の音だ。時間の流れをはっきりと刻んでいるのに時が止まっているような、どこか不思議な感覚に陥る店内だった。

「いらっしゃい、君が春原くんね」

足を踏み入れ、物珍しさであちこち見回していると、穏やかな声がかかった。明るさを絞った照明の奥から、黒いエプロン姿の女性が顔を出す。目尻が下がった優しげな顔立ちで、緩くパーマをかけた髪を背中に流している。四十代と思われ、初めて訪れた人をも和ませるような雰囲気を持っていた。

「初めまして、春原と言います」

「カナデくんから聞いてるよ。入って入って」

女性は店の奥に一声かけると、爽羽を手招いて階段を上った。入れ違いで丸眼鏡の男性が下りてくる。彼も女性とよく似た穏やかな雰囲気で「いらっしゃい」と爽羽をのんびり迎え入れ、店の方へ向かった。

「突然押しかけてすみません。日向先生に相談したら、こちらを頼れと言われて」

「ふふふ、本当にカナデくん、教師やってるんだね。学校ではどう？」

「……名をとどろかせてます」

どう言えばいいか迷った結果、妙な言い回しをしてしまった。それがツボに入ったのか、女性は肩を震わせながら笑った。

「想像つくなー。昔から細かいって言うか、妥協を知らないって言うか、空気を読まないって言うか……不遜なんだよねえ」

「ええと」

「アラタくんもよくやり込められてたよ。二十五歳が十二歳にやいやい言われて、『はい、すいません』とか『ごもっともです』とか言ってるの」

「水戸部さんはアラタと親しかったんですか？」

「よく一緒にいたよー。アラタくんが海外に行く時も何度かついて行ったかな」

瑞希《みずき》でいいよ、とさらりと言った声に一瞬、複雑な音色がにじんだ気がした。うまく言葉にできないが、なんとなく聞くほうがそわそわする響きだ。

……艶《つや》、だろうか。

爽羽にはなじみのない男女の複雑さを感じた気がして落ち着かないのかもしれない。

（恋人だったのかな）

そうだとしてもアラタが他界して十五年経ち、瑞希は他の男性と結婚した。それが全てだ。

二階は瑞希たち水戸部夫妻の住居だった。

たっぷりと広い洋風のリビングに使いやすそうな家具が置かれている。一階は時代を感じさせる伝統的な店舗だったため、少し意外だ。

とはいえ、爽羽が目を奪われたのはリビングそのものではない。

壁に設置されたいくつかのスケートボードと、トロフィーが並んだショーケース。その隣にはスケボーの部品を飾ったガラスケースがあった。

「これ、アラタの」

「わかる？　そう、アラタくんのボード」

太陽を中心にして、二羽の鳩《はと》が踊るようにして舞っているグラフィティが書かれたボードだった。温かく周囲を照らすオレンジ色の光の中、鳩はリラックスして飛んでいる。

「太陽は命の象徴、鳩は自由。……アラタくんのボード、ずっとこれだったんだよね。ボード自体は数ヶ月で買い換えてたけど、そのたびにこれを書いてもらってた」

「専属のグラフィティライターがいたんですか」

「専属はいなかったかなあ。みんな、書きたがったからね。デザインは固定だったから、次は俺だ、その次は私だってみんなで毎回持ち回りで書いてたよ。笑っちゃうくらい下手なグラフィティになる時もあったけど、アラタくんはどのボードも大喜びで乗ってたな」

「自分では書かなかったんですか？」

「ダメダメ、アラタくんはすっごく不器用だったもん。一度大真面目に書いたことがあったけど、太陽と鳩じゃなくて、ガタガタにゆがんだ黄色い丸と三角が二つになっちゃって、『アラタに書かせるのはやめよう』って満場一致」

案内され、爽羽は窓際のソファーに腰を下ろした。瑞希が緑茶と和菓子の載ったお盆を持ってきて、爽羽の前に置く。部屋は洋風だが、そこは和風らしい。

……何だかどうでもいいことに気を取られている。

自分でも変な感覚だった。

瑞希の雰囲気も口調も穏やかで、窓から差し込む日差しも明るいのに、緊張しているのだろうか。すぐそばに、アラタが乗っていたボードがある。正面には、アラタと同じ時代に生きた人がいる。

ただそれだけで、爽羽まで意識が引っ張られそうだ。

「アラタくんはスケボー以外、何もできなかったよ。でもそれでいいって本人も周りも笑ってた。できることはできる人がすればいいもんね」

（日向先生たちと同じだ）

瑞希もまた、アラタの話をする時にとても愛《いと》しそうな声で話す。今でも隣に本人がいるような……それでいて、もう二度と会えないことがわかっているような。

こういう声音を爽羽は出したことがないし、出せそうにもない。大切な誰かを失い、長い年月を過ごした者だけが同じ声で笑うのだろう。

「アラタくんがいなくなって、みんな、やっぱりつらくてね。それでもなんとか一年後に集まろうとしたんだけど、ちょっとうまくいかなくて」

「あ……なんか集合場所で部外者が暴れて怪我人が出たとか」

「あれ、そんな話になってるの？　確かに変なのに絡まれたけど、怪我人はいなかったよ」

瑞希が意外そうに目をしばたたく。どうやら実際に起きた出来事に尾ひれがつき、噂が大きくなってしまったようだ。

「でもまあ、怖かったのは確かだから、大人数で集まるのはやめようって話になったの。

何人かで集まったり、飲んだりすることはあったけど、集まるとアラタくんがいなくなって、どれだけ寂しいかって話になっちゃって……。私はそれもつらくて、他の人とはだんだん疎遠になったな」

結婚もしたしね、と瑞希は笑った。

「相手を探さなきゃ、って思った時点で、アラタくんを知らない人を選んだの。夫はスケボーもやったことがないし、やろうとも思わなかった人。私がやってたことは話したけど、事情を話したら『じゃあ僕は何も調べないね』って言ってくれた」

「今、幸せですか」

「うん、古い時計屋さんだから、生活はちょっと大変だけどね。……じゃ、早速だけど、始めようか」

少し雑談した後、瑞希は爽羽を招き、リビングを抜けた。

奥にはひっそりと内扉が作られていて、開けた瞬間冷えた空気が流れ出てきた。明かりが消えた小部屋なのはわかったが、室内は暗くてよく見えない。

それでも、不意に爽羽は身体が震えた。恐怖ではない。興奮によって。

室内から、爽羽もよく知る匂いが漂ってくる。

「瑞希さんは本当に……」

「そう、アラタくんのスケボーは全部私が調整してたよ」

明かりをつけた室内はドア以外の三面全てが棚だった。天井まで届くほどの棚には、数え切れないほどの「部品」やワックスなどの整備品が収められている。同じ種類の部品はあまり多くない。逆に、ほんのわずかずつ違う部品が大量に並べられているところはまるで、博物館や美術館のようだ。

スケートボードはスタイルに応じて、適した部品が異なる。ボードが縦に長く、ほっそりしているとフリースタイルやストリートで繊細な技が決めやすいと言われ、反対に横幅が太めだとバーチカルなどで安定感のある技を繰り出しやすい。

ボードと車輪をつなぐ金属製のトラックには高さがあり、「ロー」だと軽い力で扱えるため、繊細な技を繰り出せる。反対に「ハイ」だと強くキックする力は必要になるが、その分高くジャンプできる上、大きな車輪を取り付けられるのでバーチカル向きだと言われていた。

「車輪も縦幅や横幅に合わせて何種類もあるし、どこを走るかによってゴム製かプラスチック製かも変わってくるね。車輪の回転を補助するベアリングもスピードの性能や手入れの仕方によって、いくつも種類があるし」

瑞希は爽羽から壊れたスケボーを受け取ると、棚の一角から工具を取り出し、冷えた空気をものともせず、フローリングの床に直接あぐらをかいた。そして瞬く間に爽羽のボードを分解していく。

「私は実際に滑る才能がなかったからね。それでもスケボーしてるアラタくんがかっこよくて、少しでも近くにいたかったから、こっち方面を必死で勉強したの。おかげであの時代、ちょこちょこ周りからも相談されるようになってね。特に学校でも目立たなくて、何の取り柄もなかった地味な女の子が、ちょっと尖《とが》ったストリート系の人たちと仲良くなれて……世界が広がったような気がしたなあ」

「瑞希さん……」

「あれが私の青春。……スケボーから離れて、もうずいぶん経つけど、今回のカナデくんみたいに、時々連絡してくる子はいるの。その時だけ、私は水戸部瑞希からスケボーの調整師『ミズキ』に戻る。こうやって部品をいじってる時だけ、そばにアラタくんがいる気がするんだ」

「あ……それ、俺も感じる時あります！　ランプで滑ってる時、アラタが隣にいる気がして」

「ふふふ、確かにアラタくんならどこにでも顔を出すよ、きっと」

ミズキは穏やかに笑いながら、爽羽のボードのパーツを一つ一つ見つめた。

「消耗した部品を見れば、スケーターの個性も努力の跡も全部わかる。……ふふ、春原くんは真面目な努力家だ」

「い、いえ、俺は、ただ好きなだけで……」

「これ、君が組んだの？」

「ネットの知識だけで、見よう見まねですけど」

「ふふ、わかるよ。頑張ってそれっぽくしようとしてる。予算と知識と、子供が手に入れられる範囲の部品……。初めてアラタくんのボードを見た時と同じだ」

　懐かしそうに笑いながら、瑞希は床に部品を一つずつ並べていった。喋りながらも、彼女の手の動きはよどみない。一つ一つを丁寧に観察し、今度は立ち上がって、棚のあちこちから複数の部品を取り出した。

「手入れも、できる範囲で丁寧にやってあるね。ボードも喜んでるよ」

「ボードの気持ちとかわかるんですか」

「わかるよお。大切に乗られたボードは技でスケーターに感謝の気持ちを返すからね。逆にレアものでゴテゴテ固めたボードはスケーターに敵意を向けるけど」

「レアもの？」

「同じ規格でも、メーカーによって微妙な違いは出るからね。確かに高価な部品はパフォーマンスがよくなるけど、相性を考えずにブランドもので固めてるスケーターはダサい《ワック》よね」

　瑞希は乾いた布で部品を丁寧に拭うと、一つ一つ爽羽のボードに組み込んでいった。爽羽がずっと使っていた金属製のトラックは交換せず、その代わりビスだけ新しいものに替えて、丁寧にレンチで締め直した。

「春原くん、このトラックは結構頑張って買ったでしょ」

「は、はい。アラタがビデオの中で『トラックは超大事だから!』って言ってたので。頻繁に買い換えるものじゃないから、いいものを一つだけ、しっかり選んで買うといいって言ってました」

「うん、アラタくんと同じじゃやつだ。春原くんはどっちかっていったら、グラインドよりスライドが得意みたいだね。トラックはまだまだ持つから、これは替えなくて大丈夫」

スケボーにはトラックをセクションに当てたり滑らせたりするグラインド系の技と、ボードの裏面を使うスライド系の技がある。部品を見ただけで瑞希はその消耗具合から、爽羽の得意とする技もわかったらしい。

「あ、でもトラックがぐらぐらしちゃってるんですけど、それは……」

「ビスが緩んでるのが原因だね。そっちはちゃんと締めておいたし、メンテの仕方も教えてあげる。これを怠ると車輪を取り替えても技が安定しないから、ちゃんと手入れしてあげてね」

「はい!」

「今回、交換しなきゃいけないのは車輪だけかな。デッキが一番消耗してるから、本来だったら買い換えてもいいタイミングだよって言うんだけど、さすがにこれはかっこよく仕上がっちゃってるからねえ……」

瑞希はボードのオオカミをねぎらうようにそっと撫で、微笑んだ。

「一日預からせてもらっていい？　キックとコンケーブを直してあげる。後ろ側もちょっとめくれてるから、ここも補強しておくね」

「ありがとうございます。そんなこと、できるんですね」

「これくらいできないと、アラタくんのボードは扱えませんよ」

急に敬語になり、瑞希は誇らしげに笑った。

ボードの前方部分と後方部分のそりをキック、側面のそりをコンケーブと言う。どちらも技を決める時に足で強く踏み込むため、使えば使うほど平らになってしまう部位だ。

通常、これを手で直すことはできないため、ボードが平らになってきてしまうと買い換えるのが一般的だ。だが瑞希は爽羽のボードを見て、あえて「直す」と言ってくれた。

三島の書いたオオカミを爽羽と同じように大切に思ってくれたのだろう。

「何から何までありがとうございます。あの、お代は……」

「ん、車輪一つで千円」

「だけじゃないですよね!?　他にも色々……」

「気持ち的には全部サービスだっていいんだよ。久しぶりにこんな風に本気のスケーターのボードを扱えて楽しいし、アラタくんの話もできたし。でもカナデくんが『学生のうちから、何でも奢ってもらえると思わせるのはよくない』とか言ってさー」

「俺もその通りだと……」

「部品代は請求するけど、技術は『気持ち』だから。私は君が気に入った。だから頼まれてもいなくても、やってあげたくなった。その気持ち、受け取ってくれない？」

「う……」

そう言われてしまうと、爽羽のほうが言葉に詰まってしまう。

「ありがとうございます。うれしいです」

結局爽羽は深く頭を下げた。最近、大人には守ってもらいっぱなしだ。

「明日の夕方までには直しておくから、時間のある時にまた寄ってよ。確かこの近くにコージくんが勤めてたから、そっちに渡してもいいんだけど……私、コージくんとアコちゃんに嫌われちゃってるからなあ」

「えっ、なんで」

「前にちょっとあって、誤解されちゃったままなの」

おっとりした顔で苦笑する姿は「善良な大人」そのものだ。何も知らない者が三人を見比べた場合、瑞希のほうが正しいと思うかもしれない。事情はよくわからないが、きっと短気なコージたちが何か瑞希のことを誤解し、話を聞かずに腹を立てているのだろう、と。

他人にそんな印象を与えることをしっかりわかった上で、瑞希は今、このタイミングで爽羽にこの話をした気がした。

（瑞希さんには今、めちゃくちゃよくしてもらった……）

それは間違いないが、同時に爽羽はコージたちにも世話になりっぱなしなのだ。そして何よりも、自分は彼らを心の底から信頼している。

「何があったんですか？」

「うーん……えっとね、これ」

作業部屋を出てリビングに戻った瑞希はおもむろに壁にかかっていたボードを指さした。先ほど爽羽も目を奪われたアラタのボードだ。

これがどうしたのかと目を向け……爽羽はふと、違和感を覚えた。

「これ、いつのやつですか」

先ほどは気づかなかったが、改めて見てみると、アラタのボードは傷一つなかった。爽羽の「オオカミ」が練習した分だけ傷だらけになったように、ボードは使えば使うほど傷ついていく。裏面に書かれたグラフィティは色あせ、車輪やトラックにも無数の傷が刻まれるのが普通だ。

だがインテリア用に部品を外され、裏面を向けて飾られているアラタのボードは新品同然だった。瑞希が「アラタのボード」と言ったからには、当然アラタが使ったものだと思い込んでいたのだが。

「ずいぶんきれいって言うか、新品に見えるって言うか」

「予備のやつだからね。リビングにボロボロのボードを飾るわけにはいかなかったし……アラタくんが事故に遭った時のボードはもうないから」

「えっ、ないって」

「当時を知ってる人ならみんな知ってるから自分から言っちゃうけど……あのボードは私が形見分けでもらったの。念のためって言われて警察に一度提出したけど、事件性なしってことですぐに戻ってきたからね。その後、大事に保管しようって思ってたけど、やっぱりつらくて」

「……どう、したんですか」

「リュウくんに渡したの」

「リュウって、まさか竜玄さんですか」

思わぬ言葉に動揺した爽羽に、瑞希は涙を拭うように目元を押さえた。

「だってアラタくんの命を奪ったボードなんだよ。持ってたらつらくてつらくて……」

「あ……でもそれなら日向先生に返すとか。仲間に渡すとか」

「みんなだって絶対私と同じ気持ちだよ。だったら、持っててても一番つらくないリュウくんに渡すのが一番いいでしょ？」

「えっと」

「カナデくんは許してくれたもの。『自分こそ、そこまで考えが至らずすみません。あれはもう瑞希さんに差し上げたものなので、好きにしていただいて構いません』って。でもコージくんたちはすごく怒っちゃって……それも当然だよね」

同意を求める言葉だったが、真逆の意味に聞こえた。

部外者である爽羽に、誰かを責める権利はないとわかっている。瑞希の行動が正しいかどうかを論じることも意味がない。アラタのそばにいたいという情熱だけで、彼女はスケボーの知識を学び、アラタとともに青春時代を過ごしたのだ。その遺品を手元に置くのがつらかったとしても、誰が責められるだろう。

（でも）

アラタが山道を下る途中で崖下に落下していた場合、ボードにはその傷跡が残ったはずだ。道路のスリップ痕は雨で薄れてしまったとしても、ボードの車輪には道路の素材が付着している可能性は高い。ガードレールなどに激突していれば、その塗料がボードに残るだろうし、それ以外にも様々な痕跡が刻まれるだろう。

きっと警察はそれを調べ、事故死だと断定したからこそ遺品を返却したはずだ。

ただそれを今、爽羽たちが調べる術《すべ》はもうない。竜玄が渡すはずないからだ。

「ねえ春原くん。君のボードは必ず、完璧な形で直してあげる」

ふと、瑞希が静かに言った。ハッとして顔を上げると、彼女はどこか艶めいた微笑を浮かべていた。

「メソッドハイヤーに出るんでしょ？　ちゃんと集中しなきゃダメだよ。変なことを考えたりしちゃダメ。……君は亡霊に囚われないでね」


紅花町に帰った頃、日はとっぷりと暮れていた。冬が近づき、ぐっと気温も下がっている。行きには持っていたボードがないため、自分で思っている以上に心許なさを感じた。

『お前さんはどう思ったよ』

つい先ほどコージが電話してきた。今日、爽羽が瑞希の元に行くことを日向から聞いていたのだろう。そこでアラタのボードを彼女が独断で竜玄に渡したことを聞いたと告げると、コージは、んいい、と複雑なうめき声を上げた。

『俺らが嫌ってるとか、そういうのは別にいいわけよォ。それって単に性格の不一致とか相性とか色々あるジャン？　でもそういうのを「自分から言っちゃうね」って爽羽に言う感じがさァ～、敏腕工作員っぽい感じでさァ～』

「工作員って」

『自分から話したんだから、私を責めたりしないよね？　ね？　ね？　ね⁇　って圧がすごくねェ？』

苦笑しかけたが、すぐに否定できない自分がいた。

瑞希とは会ったばかりで、その性格も人となりもわからない。それでも彼女の言葉には、自分を否定させない、という強い意志を感じた。否定されたくないのは誰でも同じだろうが、瑞希のそれはあまりにも強く、まだ十六年しか生きていない爽羽が圧倒されたほどだ。

「何かあったんでしょうか」

『噂じゃアラタさんと付き合ってて……事故の前は別れ話で揉めてたとか』

「ええっ？」

『それ自体は別に珍しいことじゃねーけどな。本人同士にしかわからんことだし。ただアラタさんが死んで、形見のボードを譲り受けた「ミズキ」はその後、海外留学に行ったって話』

「傷心旅行とか？」

『んー、アラタさんが海外遠征してる最中も何度か会いに行ってたけど、そのせいで全然貯金できないって仲間内で愚痴ってたそうだけどな。金がなかったはずなのに、竜玄さんにボードを渡した後、留学できたってのがこう……どうしても怪しいと思っちまうわけよォ』

それは「瑞希は竜玄にアラタの遺品を売った」ということだろうか。

「……まさか瑞希さんがアラタのボードに何かした、とかはないですよね……?」

『さすがにそこまではしてねえと思う。アラタさんの調整師を名乗ってたあの人のプライドを信じるしかないけど、事故の後警察も調べたし、戻ってきた後、仲間内でも見たヤツは多かっただろ。「不審な点がなかった」のは本当だろうよ。ただ……』

「事故ならつくはずの傷がない、みたいな点に気づいても、言わなかった可能性はあるってことですか」

『そっちはなァ……。「ミズキ」が何かを黙ってたとして、それが故意なのか、ほんとに気づかなかったのかは俺らにはわからねえわけで』

その辺りの疑惑が未だに解消されていないため、コージたちは瑞希を信じ切ることができないのだろう。

「日向先生はどうなんですか?」

『そこが謎なのよ。今回爽羽のボードを直してもらうために自分から連絡したこともそうだし、なんか仲良くやってる感じ。俺には理解できねェ』

日向が信じているなら、瑞希は問題ない人物なのだろう。そう思う一方で、コージたちの警戒心も理解できてしまう。

男女の愛憎は、爽羽にはまだよくわからない。もし瑞希がアラタと破局しそうになっていたとして、アラタの死に不審な点が見つかった場合もあえて黙り、事故死として片付けられていくのを見守れるものだろうか。

（できるって言われても、無理って言われても、そんなもんかって思いそうだ……）

わからんわからん、と繰り返すコージとの通話を終え、爽羽はスマホをポケットにしまった。

コージ同様、爽羽にもわからないことだらけだ。

十五年前のアラタについて知れば知るほど、「怪しい」という気持ちが膨らんでくる。

――君は亡霊に囚われないで。

瑞希が最後に言った言葉が鼓膜の奥で残響している。今を生きろ、と言われた気もするし、今更過去のことを詮索するな、と言われたようにも感じた。

何より、この街にいて、アラタに囚われずに生きていくのは難しい。生徒に不人気な数学教師が「アラタの弟」と呼ばれて一目置かれることもあるし、変わったエアトリックをメイクしかけただけの素人が「アラタの後継者」と呼ばれることもある。

誰が作ったスケートパークか、という問いへの答え次第でパークを出入り禁止にされるし、ボードに書かれたグラフィティ一つで派閥争いに巻き込まれたりもする。

「囚われずにいるのは多分無理……うん？」

どこかでスケボーの車輪の音が聞こえた気がして、爽羽は周囲を見回した。すでに辺りは真っ暗で、人もあまり歩いていない。閑散とした道路で、一瞬あり得ない考えが頭に浮かんだ。

(あ、アラタの幽霊とか)

だがすぐ間違いに気づく。

「……下手だな」

アラタとは思えないほど、荒い音だ。シャアア、ガコン……ジャ……ジャアア、と途切れ途切れに聞こえる不規則な音。聞いているだけでかわいそうになるほどだ。

自分がスケボーを始めたばかりの時を思い出しつつ、爽羽は音の出所を探した。二ヶ月前、バーチカルランプを探して町中を走り回ったおかげで、この街の地図は完全に頭に入っている。数メートル先に確か、小さな屋外スケートパークがあったはずだ。

おそらく初心者がこっそりと一人で練習しているのだろう。仲間に見られることすら恥ずかしい気持ちは爽羽もわかる。自分にわかることならアドバイスでも、とそちらに足を向け……、

「竜玄さん」

パークの入り口で、爽羽はぎょっとして立ち尽くした。

竜玄がいる。取り巻きも連れておらず、高級なスーツも着ていない。一昔前に流行っ

た時代遅れのストリートファッションで一人、彼はスケボーに乗っていた。

距離があるため、彼は爽羽には気づいていない。たとえもっと近づいたとしても、気づかなかっただろう。竜玄は顔を上げて周囲を確認することなく、自分の足下ばかりを見ていた。

ギクシャクとぎこちなく地面を蹴って進み、少し勢いが出たところで、両足をボードに乗せる。ふらふらと進んだところでジャンプしようとするが、ボードは数ミリも浮き上がらず、竜玄だけがジャンプするも、今度はボードの上に着地できず、危うく転倒しそうになっている。オーリー自体はできるようになったと以前コージたちが言っていたが、年齢を重ねて身体が重くなったせいで、それすらもできなくなってしまったのだろう。

どうしよう、と爽羽は迷った。

当然、立ち去るべきだ。こんなところを他人に見られたい人はいないだろう。社会的に成功している大人ならなおさらだ。嫌がらせを受け、練習場所を奪われた恨みはあるが、それでも彼の醜態を笑う気にはならなかった。

ただ取り巻きが一人もいない竜玄を見るのは初めてだった。今なら、何かを聞ける気がした。爽羽自身、何を聞きたいのかすらはっきりしなかったが。

「珍しいこともあるものだ」

「……っ」

一体いつから気づいていたのか、竜玄のほうから声をかけてきた。その額に汗がにじんでいる。挙動不審になる爽羽をつまらなそうに一瞥し、竜玄はすぐに顔を背ける。

「常にボードを抱えていた君が、手ぶらとは」

「えっと、この前失敗した時に壊れちゃったので」

「無謀な真似をするからだ」

鼻で笑われた。あからさまに嘲笑されたというのに、なぜかあまり腹が立たない。

「お前ごときにあの技ができるものか」と言われた気がした。言い換えればそれは、アラタ・エアーのすごさを認めていることと同義語だ。

おかしなものだ。相手はギガントニオはアラタのパークだ、と言っただけで、スケーターを追放するような男なのに。

「下手だろう。自分でも呆れてしまう」

何を言えばいいのか迷う爽羽に、竜玄が話題を変えた。自分の乗っていたボードを見下ろし、自嘲気味に唇の端をつり上げる。

「勘が鈍いわけではないと思っている。世の中の情勢や株価の変動、事業方針を検討する時……情報を集め、経験を重ね、その上で予期せぬ危険が起きそうな時は勘が働き、回避もできる。商売に関することならば、私の勘はなかなかのものだと自負しているよ」

だが、と竜玄は足下のボードを軽く蹴った。あまり力は込めていなかったが、ボードはまるで竜玄を嫌がるように、スイッと爽羽の方へ滑ってくる。

「これだけはどうすればいいのか、さっぱりだ。一流と言われるスケーターを間近で見ても、恥を忍んで教えを請うても、何一つピンとこない。脳の機能かなにかに問題があるのでは、と何度か調べてみたが、検査に引っかかるほどの異変はなかった」

「そう、ですか」

脳の機能、と竜玄は言った。

スケボーがうまくならないというだけで、竜玄は脳の検査を受けたのだ。自分がうまく滑れないことに原因を見いだそうとした。それを取り除けば、自分もスケボーで滑れるはずだと思ったのだろうか。そうまでしても、滑りたかったのだろうか。

まるで呪いのようだ、と思った。

同時に、愛のようだ、とも思った。

一方的に好きで、相手には見向きもされないままで。

何か原因があるなら直そうと思ってもがいたが、結局どうにもならなくて……それでも今も囚われている。いっそ嫌いになってしまえば楽なのに、乗れないとわかっていてもこうして夜、ボードを持って外に出てきてしまうほど、竜玄もスケボーが好きなのだ。

「アラタのこと、嫌ってましたか」

無意識にその言葉が口からこぼれた。

呆れたように竜玄が笑う。

「当然だ。この街で、私が彼を憎んでいることを知らないスケーターはいないだろう」

「スケボーのことで喧嘩したとか？」

「喧嘩とは同じレベルの者がすることではないのかね」

「……それは」

アラタなら確かに、圧倒的に技術の劣る者が敵意をむき出しにしたとしても気にしないだろうと思ってしまった。いや、アラタは誰とも揉めることはしなかった。自分よりも相手の実力が下でも上でも、彼にとってスケーターは皆「仲間」であり、友人だった。

そういう扱いが竜玄のプライドを傷つけたのだろうか。だから彼はアラタを……。

「心底嫌ってはいたが、スケボーでも商売でも、私たちが喧嘩することはなかった。揉めたのは一度きりだ」

「それって……」

「この街の未来について、我々は十五年前に話し、決裂した。ヤツは死に、私はまだ生きている。ならば私には、ここを自分の望む街にする権利がある」

「待ってください。まさか本当に竜玄さんが……」

「死人に口なし、だ。アラタの後継者だ何だと急に持ち上げられたようだが、末路まで継がないように気をつけたまえ」

不吉な警告を残し、竜玄はきびすを返した。爽羽をその場に残し、自分のボードを回収することもなく。

気圧された心地で見送ってしまってから、爽羽は無意識に詰めていた息を吐いた。思った以上に緊張していたのか、肩がこわばっている。

「これ、どうすればいいんだよ」

途方に暮れつつ残されたボードを見下ろし、爽羽は思わず眉をひそめた。

一瞥しただけでわかるほどの高級品だ。各部品に入っているロゴは有名メーカーのもので、ボードの裏面に書かれた「ドラゴンと稲妻」のグラフィティも迫力がある。プロのデザイナーかグラフィティライターに依頼して書かせたのだろう。

だがそれでいて、これほど見ていて気持ちの悪いボードもなかった。

板は横幅が分厚く、トラックは「ハイ」で高さがある。バーチカルやパークで滑りやすい、安定感の出る部品だ。それでいて車輪は小さく、ゴム製で柔らかい。これは平地で練習する時に向いている部品と言えるだろう。

組み込まれている部品は性能がちぐはぐで、それぞれの特性が全く活かせていない。こんなボードでオーリーを決めろと言われたら、誰でも苦戦するだろう。

「そういえば神門さんも前に、これをけなしてたな」

ブランドものの部品で固めた成金趣味のボード、と散々な言いようだったが、実物を見てみると彼の言ったことが正しかったとよくわかる。

意気揚々とこんなボードを持って会いに来る大人がいたら、神門ではなくとも馬鹿にするだろう。少なくとも敬意を払えるはずがない。

竜玄はそれを知らないのだろうか。ろくに調べず、ただ高価な部品を買い集めて組み込んで悦に入っているのだろうか。

「誰か教えてやればいいのに」

爽羽が一目見て気づいたのだから、当然取り巻き連中もこのボードが「ひどい」ことはわかっているはずだ。

……言えなかったのだろうか。逆らったり、竜玄のミスを指摘して不興を買ったりすれば、ギガントニオを追放されてしまう。この街で肩身の狭い思いをするくらいなら、竜玄の全てを肯定したほうが楽だし賢いと考えたのかもしれない。

胸中では、こんなボードを作る竜玄に呆れ、不快に思っていたとしても。

(こんなの持ってるヤツを尊敬するなんて無理だもんな。……って)

そこまで考えた時、一瞬何かが脳裏をかすめた。頭の隅に引っかかっていた違和感の正体がわかったような……。

摑みかけていたものの、すぐに消えてしまった考えをもどかしく思いつつ、爽羽もまたパークを出た。次に会った時、竜玄にこのボードを返さなければ、と考えつつ。

8

季節はあっという間にすぎた。

メソッドハイヤー当日の朝は凍てつくように冷たい風が吹きつつ、雲一つない快晴だった。空にはうっすらと半透明な白い月が残っている。空気が澄んでいる証拠だろう。そして不思議と、空気がカラカラに乾燥している感じはしない。紅花町のあちこちに湧いている温泉のおかげかもしれない。街を観察すると、湯気が立ち上っている排水溝があるのがわかる。その下を温泉が流れているのだろう。観光地化には失敗しているが、本来は資源豊富な街なのだ。この日、紅花町を訪れる人々はこの地味な街が実は周囲の観光地に勝るとも劣らないポテンシャルを秘めていることに驚くかもしれない。

「うわっ、何これ、すげえ」

「へー、紅花町、今年はこんなんになってんだ？」

駅に降り立った少年二人が感嘆の声を上げていた。彼らが足を止めたのは商店街のアーケード前だ。目立つ商店のシャッターにでかでかとグラフィティが書かれている。

スーツを着た、大迫力の恐竜たちだ。肉食獣と草食獣が互いに自分のスーツを自慢し合うように、胸を張って対峙《たいじ》している。

少年たちが商店街の奥に足を進めれば、他にもいくつかのシャッターに気づくだろう。モノクロの大樹や虹に絵の具を塗っている子供たち、満面の笑みで駄菓子を頬張る動物たち、そしてペロンと剥がれかけた星々を修理している宇宙人。

アパレルショップに文房具店、駄菓子店のシャッターだ。いずれもコミカルで躍動感たっぷりに書かれているが、グラフィティを見るだけでそこがどんな商品を扱う店なのかがすぐにわかる。

「すごいな」

爽羽が惚れ惚れとため息をつくと、隣にいた三島がニヤニヤと笑った。

「最初に受注した三軒の進捗が順調でよー。結局四軒分、仕上げられた」

「これが三島のバイトだったのか」

「おー、カナデがここの町内会長と親しくて、話をまとめてきた。千鶴子バーちゃんのシャッターを書いた後だったんで、注文が多くて参ったぜ」

「わかる。アレを見たら、うちの店もぜひ！　って人、絶対増えると思ったし」

三島は当初よりもバイトを増やしたと言うが、全て書き終えた上、日向やコージたちのボードのデザインも終えていた。スイッチが入ったと言うよりは、ずっと抑圧されていた情熱があふれているように見える。落書き犯に間違われ、厄介者扱いされていた三島が今では商店街の救世主だ。

「この調子で全部の店にグラフィティを書いたら、ここの商店街は有名になりそうだな。スケボーとグラフィティの街って他の観光地にはないし、いい『売り』になるかも」

「そーいうことまで考えて、俺にバイト振ってきたんだろーな。あの不良数学教師」

「そんなこと言ってるとまた反省文書かされるぞ」

　爽羽が出会った時は日向のことを「ヒカゲ」と毛嫌いしていた三島も、気づけば彼にすっかり心を許している。日向の裏表ない性格が伝わったのだろう。

「日向先生のボードもきっと一目見て、日向先生のボードっぽい！　ってわかるんだろうな」

「まだ見てねーの？　アレを渡した時のカナデ、すげーツラしてて笑えたぜ」

「すげーツラ？」

「感心と困惑と動揺と感謝と疑問のごった煮って感じ？　んで、コージたちにはバカウケだったわ」

「……それ、確実に先生を全力でいじっただろ」

　反省文三回書き直し、では済まなそうだ。それでも三島のことだから、日向にぴったりのグラフィティを書いたのだろう。日向本人さえ気づいていない、彼自身の本質を引きずり出すような構図を。

「三島のグラフィティってそういう威力があるもんなあ。そういえば商店街の一軒だけ、気になってたところが」

「んあ？」

「あの宇宙人が書いてある店、なんであのグラフィティにしたんだ？　あそこって確か、どっかの会社の倉庫って聞いたような記憶があるけど」

高崎千鶴子の駄菓子店から数軒離れた場所に、その店舗はあった。爽羽が商店街を通る時間帯にシャッターが開いていたことはなく、特に看板も出ていない。ここは何なのだろうと下校中にクラスメイトの白川に尋ねたところ「何かの倉庫だって話だけど、俺もよく知らね」と返された。

「ちょっと落書きされてもすぐ消されてたから、今も誰かが管理してるのはわかってたけど……。三島なら、なんか倉庫をイメージするようなグラフィティを書きそうだから、ちょっと意外だったんだ」

「あー、依頼を受けた時に町内会長に聞いたら、倉庫の管理人からの伝言を渡されてよ」

「伝言？」

「あそこ、元々は小さい工務店だったみてー。ジーさんが一人でやってる店で、床の張り替えとか、窓とかドアの立て付け修理とかを請け負ってたらしーんだけどよ。ジーさん自体は歳だかなんだかで十五年くらい前に店をたたんで、別の地方にいる息子夫婦のところに行ったたって話」

「ふうん?」

「んで、その倉庫の持ち主がジーさんに昔世話になったから、その感謝の気持ちってことで、シャッターには工務店をイメージさせるグラフィティを書いてくれってよ」

「ああ、だから『星々を修理する宇宙人』だったのか」

十五年前の恩を忘れず、そこに工務店があったことを皆に伝えようとするとは倉庫の持ち主は相当感謝していたのだろう。そこまで年月を経ても色あせない思いとなると、十六年しか生きていない爽羽にはピンとこない。

ただ、そういうこともあるだろう。なんと言っても亡くなってから十五年間、アラタも語り継がれているのだから。

(十五年前まであった工務店……うん?)

一瞬、何かが爽羽の脳裏をよぎった気がした。

だがそれを突き詰めようとして考え込んだ矢先、呆れたように肩を小突かれる。

「何ぼんやりしてんだよ。緊張してんのか」

「そりゃするさ。普通に緊張するし、空気に飲まれるタチなんだよ」

「言ってろ。そろそろ飛び入り参加のエントリーってヤツが始まる時間なんじゃねーの」

時計を見ると、朝の八時半を回るところだった。九時から飛び入り参加のエントリーが始まり、コンテスト自体は十時に開催される。駅前からギガントニオまでの移動時間を考えると、確かに移動しておいたほうがよさそうだった。

「そうだな。……三島は？」

「俺はもうちょっとここにいる。改札出てきた連中のツラ、もうちょっと見てーからよ」

「確かにナマの声が一番だよな」

「順番決まったら教えろよ。めんどくせーけど、その時までには行ってやる」

「緊張してたら、はたいてくれ」

「スプレーぶっかけてやるよ」

にやりと笑って拳を突き出す三島と、爽羽も拳を合わせた。

ドキドキしてるのは本当だ。緊張もしていると思う。

(でも、わくわくしてる)

爽羽は手元を見下ろした。

今日はいつもより少し荷物が多い。一つは数週間前、竜玄に返しそびれた彼のボード。

そしてもう一つは水戸部瑞希に預け、新品同様にメンテナンスされて帰ってきた自分のボードだ。練習でできた傷はそのままで、使いすぎて平たくなったカーブやめくれたカバーだけを瑞希はしっかり補強してくれた。

それは経験を積んだオオカミが鎧《よろい》をまとった状態のように思えた。このボードと一緒なら何でもできる。どこまででも飛べる。そんな力強さが身体に満ちていくようだ。

(瑞希さん、あの時、別れ際でちょっと様子が変だったから気になってたけど……)

修理が終わったと連絡を受け、再び赴いた時は特に変わった様子はなかった。ニコニコと穏やかに笑い、「私は見に行けないけど、コンテスト頑張ってね」と送り出してくれた。

「三島のグラフィティと一緒だから、多分俺はちゃんと飛べる」

「適当にやれよ」

興味なさそうにひらひらと手を振る彼が心から応援してくれているのが伝わってきて、爽羽も手を振り返した。

ギガントニオは爽羽が今まで感じたことのない空気に包まれていた。まだ九時前なので、一般客はそこまで多くない。熱心な観客がよりよい席を確保しようと会場の周りに集まり、仲間同士で談笑している程度だ。報道関係者は専用の許可証を首から提げ、情報交換していたが、こちらも人数はそう多くないようだった。南原の姿は見えない。神門を筆頭に、スケボー界で顔を知られた実力者たちもまだ来ていないようだ。

（白川とか、堂島たちも来るって言ってたっけ）

毎年メソッドハイヤーを見に来ている野球部の白川や、スケボー部員たちの顔を思い描く。三ヶ月前に校舎裏で揉めてから、堂島たちとは微妙な距離ができていた。竜玄の顔色を気にする彼らにとって、爽羽は極力避けたい存在になってしまったようだ。

『あ……あのさ、怪我はするなよ』

それでも今週の金曜、放課後に近づいてきた堂島たちは言ってくれた。

『何言っても今更だけど、その……応援してるから』

『ありがとう。頑張ってくる』

同じクラスなのだから互いにもっと早く、この程度のやりとりはできたはずだ。それでも爽羽も堂島たちも、何かきっかけがないとこんな話すらできなかった。誰に禁止されたわけでもないのに、微妙な空気になってしまって。

「話せてよかった」

互いの立場も距離感も何も変わっていないのに、ほんの少し気持ちが楽になった。

爽羽は周囲を見回すのをやめ、一箇所に向かって足を進めた。ちょうど九時になり、当日エントリーのためのブースにスタッフが座るところだ。

少し眠そうな同年代の男性スタッフが爽羽に気づき、ハッと目を見開いた。

「うおっ、ほんとに来た」

「えっと……」

「いや、わりぃ。仲間内で、お前が飛び入り参加するっぽいぜって噂があってよ」

にかっと笑うスタッフの笑顔に、爽羽もつられて笑顔になった。

初めて会う顔だ。当然、話したこともない。

それでもスタッフの少年は爽羽に気づき、笑顔で歓迎してくれた。「アラタの後継者」として名前が一人歩きしてしまった部分はあるが、それはそれとして彼は爽羽が来るのを楽しみにしていたのだろう。

「上のほうから、お前が登録しに来たら教えろって言われたんだ。なんかごちゃごちゃ悪巧みしてる感じ」

「なんかされそうなのかな」

「ラン順でここが空白なんだわ」

スタッフはこそこそとポケットから折りたたんだ紙を取り出した。手書きで参加者の名前が一覧表になっているが、その真ん中辺りにぽっかりと一つ、枠がある。

――神門遼太郎の次だ。

「多分、お前が登録したら、元から決まってましたけどーって感じで、ここに入れ込むつもりなんだと思う。……ってわけで、なんかこう、偽名っぽいやつでよろしく」

「え？」

「俺はお前に気づかなかった。普通に飛び入り参加しに来た、普通のヤツだと思ってうっかり通した。……それなら他の飛び入り参加者と同じように、後ろのほうに回されるだろ」

「おお……。でもそれ、お前は平気なのか？」

「気づかなかった、すんません！　で終わりだって。へーきへーき」

軽薄に笑う彼につられ、爽羽も思わず笑ってしまった。

そして差し出された当日エントリーの用紙を見て……しっかり本名を書いた。

「ちょっ、おまっ、俺の話、聞いてた？」

「聞いてた。ありがとう。でも大丈夫」

用紙と爽羽を交互に見比べるスタッフに軽く拳を突き出し、うなずいた。

「誰の後でも問題なし。ちゃんと、仕上げてきたから」

「ほあーっ、言うねえ」

爽羽と拳をぶつけたスタッフの顔がそれまで以上に輝いた。クリスマスのプレゼントを前にした子供のようだ。目の前のスケーターが何をしでかすのか、心から楽しみにしてくれている。

（俺も、アラタのビデオを同じ顔で観てた）

そして今、彼と同じようにコンテストを待っている。

本番を迎える瞬間のことを考えると、じわっと胃の奥がうねるような感覚を覚えた。わくわくするような、怖いような、それでいてとても待ち遠しいような……。色々な感情が少しずつ入り交じり、内臓に刺激を与えてくる。

きっとこれが緊張感と高揚感の入り交じった感覚なのだろう。スポーツでも音楽でも、ダンスやスピーチでも……時間をかけて準備をし、その全てを出し切る日を迎えた者は皆、この感覚を味わうに違いない。

指先が冷えるような、それでいて身体の芯は熱いような。

周りを見る余裕がないような、それでいてあちこちで聞こえる音は全て拾えているような。

逃げ出したいような、それでいて待ち遠しいような。

不思議な感覚だ。

恐ろしいのに癖になる。まだエントリーしただけなのにこんな気分になるのなら、本番を迎えた時はどうなるのだろう。

騒がしい心臓をなだめながら、少し会場の周りをぶらついていた時だった。

「……あれ？」

見覚えのある後ろ姿が二つ、ギガントニオの物陰でちらついた気がした。まっすぐに背筋を伸ばしたスマートな背中と、肩幅の広いがっしりとした背中。

日向と竜玄だ。

スケボーの街であるこの紅花町で、二人は反目することを定められているような存在だった。そしてお互い、決して顔を合わせようとはしなかった。相手の動向を探り、情報を仕入れつつも、直接会えば争いが始まってしまうとわかっているように。

……それがメソッドハイヤー当日の今日、行動をともにしている。

(あれって、平気なのか)

今年はアラタが死んで十五年目であり、メソッドハイヤー開始から十年目だ。そのきりの良さに意味はないと思いつつ、何かが起きるなら今年なのではないかと根拠のない不安が湧いてくる。

少し迷ったが、爽羽は意を決して二人の後を追いかけた。

日向たちは特に言葉を交わすことなく、ギガントニオの裏手に向かっていた。そこに何かがあると思ったが、どうもそうではなさそうだ。

「……もういいでしょう」

誰も立ち入らないような薄暗い裏庭のような場所で、日向が言った。突き当たりの壁を背にして竜玄が立っているため、彼を追い詰めているような格好だ。建物の角からそっと様子を窺う爽羽から日向の顔は見えず、追い詰められているにもかかわらず悠然と構えている竜玄だけが見えた。

「この十五年で状況証拠は山ほど集まりました。これ以上言い逃れはできないはずだ」

「物証がないなら話にならん。君もそれはわかっているはずでは？」

「竜玄さん」

「自分からは動けないから、私から自白を引き出そうとしている……。そんな雑な話に乗ると思うかね」

竜玄は余裕たっぷりに肩をすくめてみせた。日向を挑発するように。

飛び出していって日向に加勢するべきだろうか。だが自分が出て行ったところで日向の役に立てるとは思えない。

もどかしい思いで様子を見ていると、誰かに肩を叩かれた。

「ほんと、ふざけてんだよなァ」

「コージさん、アコさん」

不満げに顔をしかめたコージとアコが立っている。日向たちには聞こえないように声をひそめつつ、彼らは腹立たしげにため息をついた。

「……『九時半集合。時間には遅れないように』とか言った本人が九時に竜玄さんにガチバトルしかけてるとか、普通あり得る？　完全に俺らを舐《な》めてんのよ、も～」

「巻き込まないように、って考えたんだろ。それがわかるから腹立つんだよね」

コージたちは今すぐ割って入るつもりはないようだった。持っていたボイスレコーダーを起動させつつ、日向たちの会話を見守っている。

「俺らも相当調べたわけよ。どう考えても竜玄さんしか怪しいヤツはいねえし」

「調べた結果、アラタさんが本当に事故死だったってわかるなら、それで納得しようと思ってたけどね。調べれば調べるほど、事故死だった証拠は見つからないわけ」

二人はそろって、同じような渋面を作った。

「事故現場は当日の雨で色々と痕跡が流れちゃってた。アラタさんのボードは『ミズキ』の手から竜玄さんに渡って、どうしたって見せてもらえない。……捨てたのかもね」

「んで、アラタさんのご遺体を解剖するのは、ご両親が反対した、と。まあ、これに関しては気持ちもわかるから、外野が何も言えねえがなァ。逆に事故死じゃねえ可能性については怪しい点がわんさか出てくるのよな」

「……何かあったんですか」

「亡くなった当日、アラタさんが深夜に慌てた様子で外出したってのはカナデが見てるだろ？　結局どこに行こうとしてたのかはわかってねえけど、ありゃ多分ギガントニオだ」

「同じ頃、ギガントニオに入っていく竜玄さんの姿が目撃されてるんだよね。南原っていうアラタさんの仲間で、今は確か記者をやってるはず」

「南原さんが？」

ひと月ほど前、爽羽がギガントニオでアラタ・エアーを決めかけた時、涙を流して興奮していた記者だ。アラタに対する思い入れが強い人だと思ったが、彼は十五年前、アラタとともに滑っていたのか。

「竜玄さんは竣工パーティーに来てなかったけど、やっぱりこの街に巨大なスケートパークができたことを喜んでるんだな、なんて思ったらしいよ。みんなが帰った後、一人で見学してると思ったんだって。南原って人、こう、いい人だよね。誰彼問わず信じてる感じ」

「はは……なんかわかります」

「あの日、アラタさんは竜玄さんに呼び出されてギガントニオに向かった。元々そのつもりだったのか、何らかの話し合いがこじれたのかはわからないけど、そこで竜玄さんはアラタさんを殺し、事故死に見せかけて崖から落とした……」

アコは淡々とそう言った。以前、爽羽が考えたのと同じだ。爽羽は直感的に思いついただけだったが、アコたちはもう少し踏み込んだ調査をした結果、同じ考えに至ったらしい。

「それは、俺もちょっと考えちゃって。でも日向先生は、証拠はないって」

「まあね……でも状況証拠ならあるんだ」

「ええっ？」

「崖下で見つかったアラタさんが他殺を疑われなかったところからして、絞殺じゃないはずだよ。多分、殴ったか刺したか……。そういう傷なら崖下に転落した時の傷に見せかけられる。フロアに流れた血は拭き取って、該当部分の床は業者に張り替えてもらえばいい」

「業者？　でもそんなの調べられないはずじゃ……」

「それがあったのよなァ。紅花商店街に十五年前、床の張り替えやドアの立て付けを直してた工務店が」

「あっ……」

「俺とアコで調べてみたわァ。工務店のジーさん、引退して長かったけど、最後の仕事についてはギリギリ覚えてたぜ」

「変な仕事だったから記憶に残ってたんだろうね。ギガントニオが完成してから一ヶ月くらい後、竜玄さんに依頼を受けて、傷一つない床の一部だけを張り替えたって」

「傷一つない……」

「普通、きれいな床の一部を張り替えるなんてこと、しないだろ？　流れた血を拭き取った後、念のため床自体も張り替えて証拠隠滅を図ったように思えるんだよね」

「ジーさんの証言はかなりでかいだろ。あとは竜玄さん自身の口から自白させれば……」

「そこまでだ」

その時、痛みを感じるほど冷たい声が爽羽たちの会話に割り込んだ。背後に日向が立っている。話に夢中になっていたせいで気づかなかった。

「ぼそぼそぼそぼそと話し声が耳につくんだ、馬鹿どもが。密《ひそ》かに様子を窺うつもりなら、呼吸も殺してろ」

「カナデ、それじゃ普通に死……」

アコとコージが反撃を試みるも、冷たい一瞥で黙らされた。怒った日向の恐ろしさは爽羽より付き合いの長い彼らのほうが知っているのだろう。

……そう、日向は今、激怒している。

コージたちが自分の味方であることは彼自身が一番よくわかっているはずだ。彼らの登場は日向にとって、むしろ心強いのではないだろうか。

「勝手に聞いててすみません」

その言葉を言うだけで、途方もなく緊張した。自分が間違ったことをしたとわかるからだ。ずっと自分を信じ、なにかと目をかけてくれた人に呆れられたかと思うと怖い。

日向はずっと爽羽に「コンテストのことだけ考えろ」と言ってくれていたのに。

「でもやっぱり頭から離れなくて。アラタに何が起きたのか、気になって」

「春原、お前は……」

「最初は憧れの人に何が起きたのか、知りたかっただけだった。でも違う。それだとドラマや映画の推理パートが気になるのと変わらない。俺は生きていた時のアラタを知らないから」

アラタのスケートビデオを観て、スケボーを始めたのは本当だ。アラタに憧れたからこそ紅花町に来たかったたし、ギガントニオはアラタのパークだと言い張ったのも本心だ。

だがそれらは全てテレビの中のヒーローに憧れることと変わらない。その死の真相を知りたいのは好奇心に分類されるものだと自分でもわかっている。

「でも、日向先生たちと会ったから。先生たちが苦しんでるのを知ったから」

「俺たちが？」

「大好きな人を亡くして、十五年間ずっとそのことに囚われて生きてるように見えて……。この街のために竜玄さんと揉めずにいようって我慢してることとか、それでもギガントニオから追い出されたヤツらを集めて、スケボーできる環境を作ってることとか」

爽羽がこの一件を気にしてしまうのは日向がいるからだ。すでにいないアラタのためではなく、世話になった日向たちが苦しんでいるのがわかるから、気になって気になって仕方がない。

「俺に何もできないのはわかってます。何も知らないし、ただのガキだし。でも、それがわかってても、気にしないようにするのは無理で」

わああ、とどこかから歓声が聞こえた。

同時に、軽快な音楽も。

メソッドハイヤーが始まったのだ。

音の響き方からして、開閉式の天井が開いているに違いない。冬の風が吹き込んでくる厳しさはあれど、爽快感は比べものにならないだろう。

……今日は青空めがけて、スケーターたちが高く飛ぶ。

こんな日は、誰だってわくわくして、スケボーを心から楽しんでいないといけないのに。

「みんな、アラタから解放されてほしい」

「春原」

「でもなんか……なんかそう思えば思うほど、なんか俺もその一部っぽくなってる気がして気持ち悪いっていうか」

──自分が、アラタの一部になっている。

何気なく口にした言葉に、自分が一番驚いた。

(今、何か……)

わかったような気がした。

一瞬で消えてしまった閃《ひらめ》きを追うように、爽羽は自分のこめかみを押さえた。

(なんで今、そう思ったんだ)

考えるまでもなく、理由はすぐに頭に浮かぶ。

アラタ・エアーを皆の前で披露しかけたからだ。報道関係者の前でアレを披露することで、爽羽は「アラタの後継者」だと噂されるようになってしまった。

だがそもそも、アラタの後継者は他にいたはずだ。バーチカルの覇者、神門遼太郎は周囲からそう持ち上げられ、自分でもその気になり、その称号に見合う戦歴を重ねて自信をつけていた。

「アラタの後継者って……誰が言い始めたんですか?」

「はあ?」

急に爽羽がわけのわからないことを立て続けに言い出したように見えたのだろう。コージたちが戸惑い気味に首をかしげる。

だが、日向だけは違った。困惑する様子もなく、むしろ授業中に爽羽が難解な数式を解いたかのように、やや感心した雰囲気で見つめてくる。

「竜玄さんだ」

「えっ」

「周囲への伝え方は違ったけどな。『アラタはもういない。後継者でも現れない限り、ヤツの痕跡はこの街から消えるだろう』……神門遼太郎が頭角を現し始めた辺りで、兄貴の仲間たちに向かってそう笑ったそうだ。当然彼らは焦り、後継者を探し始めた。よりアラタのスタイルを受け継ぐ者を……よりマインドが似た者を見つけるために」

「なんでそんな……」

爽羽は困惑し、竜玄に目を向けた。

彼は落ち着いていた。裏庭には今、日向側の人間が三人増えた状態だ。四対一になったというのに、彼は少しもうろたえず、むしろ満足そうに構えている。

まるで、目的を達した、とでも言うように。

(竜玄さんの、目的)

アラタの死。その当日、ギガントニオに入っていった竜玄。一年後、アラタの仲間が襲撃されたという噂……。

細かい情報の断片がめまぐるしく爽羽の脳裏を駆け巡る。

メソッドハイヤーでラン順をいじられ、嫌がらせを受けた日向たち。アラタのパークだと言っただけで出入り禁止にされた爽羽。そもそも初めてギガントニオに行った時、手ひどい妨害行為を受けたこともそうだ。

あれら全てが、全部つながっていたとしたら。

もしそうなら竜玄の目的は……彼が十五年かけて、準備してきたことは。

「全部、アラタのため、だった……?」

「——は?」

そのあっけに取られた疑問符が誰の口から発せられたのか、爽羽にはよくわからなかった。

コージだったかもしれないし、アコだったかもしれない。

日向ではなかった。彼は目をすがめ、爽羽の言葉を受け止めていた。

そして竜玄でもなかった。彼は声を発することもできず、大きく目を見開いて絶句していた。

「俺、初日に妨害されて……でも無傷だった。ギガントニオを出禁にされたけど、日向先生に場所を教えてもらってグレイサグに行けた。そこには同じように、竜玄さんに追放されたスケーターがいっぱいいて、みんなで仲良く滑ってて」

スケボーカルチャーは「弾圧や迫害への抵抗」がルーツだ。追い出され、押さえ込まれるほど彼らは一致団結する。そういう精神性が根底にある中、竜玄の行動はあまりにも軽率に思えた。

　本気でアラタを慕うスケーターを潰そうとするなら、もっと徹底的に潰すか、陰湿なやり方で気力をそがないといけなかったはずなのに。

「神門さんもそうだ。アラタの後継者って呼ばれて、アラタ・エアーの映像を見せられて、ギガントニオで練習させてもらってた。それでいてあの日、神門さんは日向先生に会いたがってた。誰かにグレイサグの存在を聞いたから、行ってみたいって……。結局ナシになったけど、もしあそこで神門さんがグレイサグに来て、日向先生と意気投合したら」

　アラタの弟と後継者が手を組んだ、という構図になる。

「意気投合はしないと思うが」

　懐疑的な日向に苦笑し、爽羽は持っていた竜玄のボードを見せた。受け取った日向はそれを見て、嫌悪したように眉をひそめる。

「なんだこれは。気持ち悪いボードだな」

「竜玄さんのボードです。それを見た時、俺も同じことを思いました。……で、神門さんも言ってた。神門さんは竜玄さんをスポンサーにつけつつ竜玄さんを馬鹿にしてたけど、このボードを見たら、確かにうんざりするのもわかるんです。コイツはスケボーのことを何も知らない成金なんだなって。でも竜玄さんは自分もスケボーをしてたって聞きました。その、すみません、うまくはなかったようですけど」

実際スケボーの才能はなくても、知識は蓄えられたはずだ。脳の検査を受けるほど思い詰めた彼ならば、病院に行くよりも先に部品の相性を見直したはずなのに。

「その上でこんな部品を組んでたとしたら、わざとだとしか思えない。あえて『アラタの後継者』に自分が反感を持たれるように仕向けた、みたいな……。近い将来、そうやって弾圧されたアラタの仲間たちが一致団結して、自分を打ち倒しに来る土台を作ってた気がするっていうか」

「待て待て待て、話についていけねえ。頼む、もっとちゃんと説明してくれや」

話に置き去りにされたコージが悲鳴に近い声を上げた。アコも頭痛が消えない、といった様子で青ざめたまま爽羽たち三人を交互に見ている。

「何のために竜玄さんがそんなことをしたのか、カナデはわかってるわけ？　だってそれじゃ……それじゃまるで」

「……『アラタのため』だろう。最初から、竜玄さんはずっとそのために」

「なんでそんな……！」

「飲酒して雨の中、ダウンヒルして事故死した阿呆《あほう》と、妬まれて殺された天才スケーターなら、どっちのほうが後世に名前が残ると思う」

問うような声音ながら、日向の声には迷いがなかった。心なしか彼の表情に痛ましさと愁いの影がちらつく。彼もわかっているのだ。一人の男が十五年かけて、計画して、準備して、行動に移したことがどれだけ無意味で、どれだけ壮大だったかを。

「兄貴はあの日、本当にただ事故死したんだろう。本来なら『うまかったが、自分の力を過信して命を落とした一人のスケーター』で終わったはずだ」

「でも当時からそうはならなかったんですよね。アラタと仲が悪かった竜玄さんが『事故死だ』って訴えて、アラタと別れ話で揉めてた彼女さんからボードを買い取ったなんて、誰が見たってちょっと怪しい」

「ギガントニオの経営権が竜玄さんに渡ったことも、それに拍車をかけたんだろう。その後、兄貴の一周忌に集まった仲間たちの店に暴漢が来たり、メソッドハイヤーに参加した俺たちが嫌がらせを受けたり、アラタを慕う者がギガントニオを追放されたり、と何年にも渡って、きな臭い状況が続いた」

そうして疑惑はくすぶり続けたに違いない。

アラタの死は本当に事故死だったのか？　と。

「でもそれじゃあ工務店の件は？　十五年前、傷一つないギガントニオの床を張り替えさせられたっていう……」

混乱しながら声を上げたアコに対し、日向はいともあっさりと肩をすくめた。

「だから、傷一つない床を張り替えただけなんだろう」

「え――」

「工務店の後に入った倉庫は竜玄さんのドラゴンカンパニー系列の会社だ。もっともそれは町内会長も口止めされていたようで、しつこく頼み込んでようやく話してくれたが」

「そんな……なんで」

「俺たちに怪しませるためだろう。もはや疑惑の種はばらまき終えていた。どのタイミングで芽吹いても、事態は一つの結論に向かって流れていく。極論を言えば、今日この場で竜玄さんが無言でこの街を去ったとしても、だ」

竜玄がいなくなれば、残された連中が勝手に勧善懲悪のストーリーを作るのだろう。凡人に妬まれ、殺された天才スケーター。彼の遺志を継いだ弟と後継者は悪を倒し、この街は公正なスケーターの街として再生する、と。

わかりやすい神話の誕生だ。

「一つだけ、聞きたいことが」

少し迷ったが、爽羽は竜玄に目を向けた。彼はずっと無言だ。爽羽や日向の考えを話す間中、ずっと。

くだらない、と話を遮ることも、爽羽たちの話が間違っていると否定することもせず。

「アラタが亡くなった日の夜、ギガントニオに入っていく竜玄さんのことを南原さんが見ていたって聞きました。日向先生も、あの日アラタが慌てた様子で出て行ったのを目撃してた。……あの日、竜玄さんとアラタはギガントニオで会う約束をしていたんですか？」

「……そうだ」

長い沈黙の後、竜玄がうめくように言った。今までまっすぐに胸を張り、威圧的なほど精力的なオーラを放っていた実業家の彼が突然、必死で虚勢を張る二十代の若者のように見えた。二十代半ばの頃……偉大なスケーターであるアラタの光を憎みながら、スケボーから離れられなかった頃の竜玄の姿が見えた気がした。

「あの日、あの馬鹿が突然電話をかけてきた。ギガントニオで待っていると一方的に言って、電話を切って。……ふざけるなと思ったよ。文句を言うために待っていたが、アイツは結局来なかった。朝になって知ったよ。アイツが崖から落下して命を落としたと」

「竜玄さん……」

「飲酒して、雨の山道をダウンヒル？　馬鹿もここまで極まったかと呆れるしかなかった。ギガントニオができて、これからこの街はアイツを中心にして発展していくはずだった。そんな矢先に、唯一無二の男が何をしているのかと。他の誰かならともかく、あの馬鹿の代わりは誰もできないというのに」

「アラタはどんな理由で竜玄さんを呼び出したんですか？」

「………」

「ギガントニオを竜玄さんに託す、とでも言ったんだろう」

黙して語らない竜玄の代わりに、日向が言った。竜玄はもう観念したのか、再び黙り込んでしまった。驚く爽羽たちの視線を受けつつ、日向はどこか苦々しく笑った。

「兄貴はスケボー以外何もできないし、興味もない男だった。命知らずで阿呆な真似も平気でするしな。だから完成したギガントニオは竜玄さんに渡し、自分はまた海外に飛び出そうとしただろう」

「ああ……」

「実際、兄貴が紅花町の未来を語る時、そこに自分はいなかった。『最高のパークで練習したスケーターたちがぐんぐん力をつけて、いずれ世界に飛び立ってくれればいい』というニュアンスでしか語っていなかったんだ」

「……『一緒に滑りたい』って」

アラタはスケートビデオの中で、観ているこちら側に向かって何度もそう言っていた。だが確かに場所を限定したことはなかった気がする。海外の路地裏で、名も知らぬ廃墟のようなプールで、逆に人種も性別も年齢も問わず、大勢が集まるスケートパークで……。

アラタはどこにでもいたのだ。スケボーができる場所なら、どこにでも。

「竜玄さんはアラタが死んだって聞いて、すぐこうしようと思ったんですか」

「……当初の予定ではアラタの仲間は一年も待たず、行動を起こすはずだったんだがな」

「日向先生が規格外だった、と」

竜玄の困惑が手に取るようにわかり、爽羽は苦笑してしまった。

当初から竜玄に対する疑惑はあったはずだ。だからさっさと片がつくはずだと考え、竜玄は数々の工作をしたのだろう。

だが予想外にも、享楽的なアラタの弟は慎重で忍耐強く冷静だった。この街で勢力争いすることを嫌い、自分が我慢することを選んでしまった。

「それならこれはどうだ、あれはどうだと子供じみた嫌がらせをやるうち、引くに引けなくなって十五年って、ちょっとゾッとするんですけど……」

「それは私のセリフだ。全く……なんでこんな面倒なことに」

重々しくため息をつきつつ、竜玄はどこかやりきったような顔をしていた。

先ほど日向が言った通りなのだろう。後はもう竜玄がこの街を去るだけで、勝手に神話が完成してしまう。そうなれば日向や爽羽がいくら真実を訴えたところで、人々は信じないと予想できた。

これは皆が望むストーリーなのだ。

……アラタは天才であってほしい。うっかり事故死したなんて信じたくない。

誰よりもそう願った一人の男が、この物語を書き始めてしまった。それがわかるからこそ、日向はずっと痛ましそうな顔をしている。

竜玄の思いも、日向の思いも、爽羽はどちらも少しずつわかった。それでも全てを理解できるとは決して言えない。

なんと言っても爽羽は生きていた頃のアラタを知らない。誰かのために何年も生きることなど、いくら考えてもピンとこない。彼らと同じ時代を知らないことを寂しく思ったが、同時にそんな自分だからこそ見えるものもある気がした。

「そういえば、三島って日向先生のボードに何を書いたんですか？」

突然話題を変えた爽羽に、日向はいぶかしげな顔をした。それでも特に嫌がることなく、ボードの裏側を爽羽に見せる。

「うわ……っ」

うっすらと明け白む早朝の青空に浮かぶ白い月。それを背にして飛ぶ、勇ましい鷹《たか》だ。

構図は違えど、太陽と鳩がモチーフだったアラタのボードと対になるような素材が選ばれている。

「三島には兄貴のことも、そのボードに何が書かれていたのかも言っていないんだがな」

「それでもこれを選んだ辺り、すごいって言うか……」

直感的に相手のルーツを感じ取る三島だからこその荒技だ。

日向の中に、アラタはいる。それは誰かにお膳立てされたり、ストーリーを用意されたりしなくても、自然に生まれ出るものだ。

アラタの血も思い出も、一緒に過ごした人たちの中で、これからも生き続けるのだろう。

「俺は……滑ってきます。そろそろ順番だから」

ひときわ大きな歓声が上がった。

興奮気味の解説者の実況も響く。

カイザー、天才、アラタの後継者、と断片的に聞き取れる単語からして、これから神門が滑るのだろう。

ならばきっと次が爽羽だ。

神門がどれだけ観客を沸かせ、その直後に滑る自分の番にどんな空気になるのか……。

考えるとちょっと緊張する。

だがそれ以上に興奮を覚えた。

やっとランプに立てるのだ。開催十周年のメソッドハイヤーという大舞台で、自分に与えられた四十五秒間を目一杯使って。

「アラタが待ってる。一緒に滑ってきます」

「ああ……行ってこい。お前がお前らしく飛べば、この街の歴史は動く」

「歴史？」

「もう『アラタの時代』じゃない。どんどん生まれる新しいスケーターたちが歴史を作るんだ。……作り替えてみろ。俺たちを、アラタの亡霊から解放してくれ」

無理だ、できるわけがない、と竜玄が言いかけた気がしたが、それよりも早く日向が爽羽の背中を叩いた。

その温かい力強さに押され、身体が勝手に走り出す。

走る速度ではもどかしく、爽羽はボードを前方に軽く投げて飛び乗った。

（できるかな）

十五年間、アラタの亡霊に囚われた竜玄を、日向たちを解放するなんて大技が。

それを目的にした場合、なんだかうまく飛べない気がした。自分は、誰かのためにスケボーはやれない。心配する両親たちのためにスケボーをやめられなかったのと同様に。

続けるのもやめるのも、自分の心に従うだけだ。

地面を蹴って、蹴って、加速する。

冷たい北風が頰を撫でるが、身体が熱いせいか、全く寒さは感じない。

（まずはジャパン・エアーだ）

アラタがいつも最初に飛んでいた、ド派手なエアトリック。その後の構成はかなり違う。アラタに比べれば、ものにできた技が少ないのだから仕方ない。

だが一番の目玉はもう決まっている。

それがアラタ・エアーと呼ばれるのか、一回転した時に観客の網膜に焼き付くオオカミを冠するものになるかはわからない。きっと目にした観客たちが自然と呼ぶようになるだろう。

どんな呼ばれ方をしてもいい。爽羽はただ、楽しめればいい。

「行こう、アラタ」

やってやろうぜ！　と耳元で声が聞こえた気がした。

ただわくわくしていて、誰かの思いなど全く意に介していない強い声で。

明るい王だ。残酷な王だ。

彼の光に目を焼かれ、何人もの人間が囚われたというのに、彼は昔も今も、スケボーのことしか考えていない。

だがきっと、それでいい。

残酷な王はきっと、スケボーを愛する《スケートラット》全ての人に喝采を送ってくれる。

「一緒に」

……飛ぼう。

——空を!!

本書は、集英社文庫のために書き下ろされた作品です。

本文デザイン／織田弥生（４０１ｓｔｕｄｉｏ）

集英社文庫　目録（日本文学）

姜尚中　母―オモニ―
姜尚中　心
神田茜　ぼくの守る星
神田茜　母のあしおと
木内昇　新選組　幕末の青嵐
木内昇　新選組裏表《うらおもて》録　地虫鳴く
木内昇　漂砂のうたう
木内昇　櫛《くし》挽《ひき》道《ち》守《もり》
木内昇　みちくさ道中
木内昇　火影《ほかげ》に咲く
樹島千草　太陽の子　GIFT OF FIRE
樹島千草　スケートラットに喝采を
岸本裕紀子　定年女子　これからの仕事、生活、やりたいこと
岸本裕紀子　定年女子 60を過ぎて働くということ
喜多喜久　真夏の異邦人　超常現象研究会のフィールドワーク
喜多喜久　リケコイ。
喜多喜久　マダラ　死を呼ぶ悪魔のアプリ
喜多喜久　青矢先輩と私の探偵部活動
北杜夫　船乗りクプクプの冒険
北大路公子　石の裏にも三年　キミコのダンゴ虫的日常
北大路公子　晴れても雪でも　キミコのダンゴ虫的日常
北大路公子　いやよいやよも旅のうち
北方謙三　逃《の》がれの街
北方謙三　弔鐘《ちょうしょう》はるかなり
北方謙三　第二誕生日
北方謙三　眠りなき夜
北方謙三　逢うには、遠すぎる
北方謙三　檻《おり》
北方謙三　あれは幻の旗だったのか
北方謙三　渇きの街
北方謙三　牙
北方謙三　危険な夏―挑戦Ⅰ
北方謙三　冬の狼―挑戦Ⅱ
北方謙三　風の聖衣―挑戦Ⅲ
北方謙三　風群の荒野―挑戦Ⅳ
北方謙三　いつか友よ―挑戦Ⅴ
北方謙三　愛《いと》しき女たちへ
北方謙三　傷痕　老犬シリーズⅠ
北方謙三　風葬　老犬シリーズⅡ
北方謙三　望郷　老犬シリーズⅢ
北方謙三　破軍の星
北方謙三　群青　神尾シリーズⅠ
北方謙三　灼光　神尾シリーズⅡ
北方謙三　炎天　神尾シリーズⅢ
北方謙三　流塵　神尾シリーズⅣ
北方謙三　林蔵の貌《かお》(上)(下)
北方謙三　そして彼が死んだ
北方謙三　波《は》王《おう》の秋《とき》

集英社文庫　目録（日本文学）

集英社文庫　目録（日本文学）

集英社文庫　目録（日本文学）

集英社文庫　目録（日本文学）

古沢良太　小説版 スキャナー 記憶のカケラをよむ男
小嶋陽太郎　放課後ひとり同盟
五條瑛　プラチナ・ビーズ
五條瑛　スリー・アゲーツ
小杉健治　絆
小杉健治　二重裁判
小杉健治　最終鑑定
小杉健治　検察者
小杉健治　不遜な被疑者たち
小杉健治　それぞれの断崖
小杉健治　水無川
小杉健治　黙秘 裁判員裁判
小杉健治　疑惑 裁判員裁判
小杉健治　覚悟
小杉健治　質屋藤十郎隠御用
小杉健治　冤罪

小杉健治　からくり箱 質屋藤十郎隠御用 二
小杉健治　贖罪
小杉健治　赤姫心中 質屋藤十郎隠御用 三
小杉健治　鎮魂
小杉健治　恋飛脚 質屋藤十郎隠御用 四
小杉健治　失踪
小杉健治　観音さまの茶碗 質屋藤十郎隠御用 五
小杉健治　逆転
小杉健治　質草の誓い 質屋藤十郎隠御用 六
小杉健治　最期
小杉健治　大工と掏摸 質屋藤十郎隠御用 七
小杉健治　生還
小杉健治　九代目長兵衛口入稼業
小杉健治　結願
小杉健治　御金蔵破り 九代目長兵衛口入稼業 二
小杉健治　邂逅

小杉健治　陰の将軍、烏丸検校 九代目長兵衛口入稼業 三
小杉健治　奪還
古関裕而　鐘よ鳴り響け 古関裕而自伝
古処誠二　ルール
古処誠二　七月七日
児玉清　負けるのは美しく
児玉清　人生とは勇気 児玉清からあなたへラストメッセージ
木原音瀬　捜し物屋まやま
木原音瀬　ラブセメタリー
木原音瀬　捜し物屋まやま2
小林エリカ　マダム・キュリーと朝食を
小林紀晴　写真学生
小林信彦 萩本欽一　小林信彦 萩本欽一 ふたりの笑《ショウ》タイム
小林弘幸　読むだけ スッキリ! 今日からはじめる 快便生活
小松左京　明烏《あけがらす》落語小説傑作集
小森陽一　DOG×POLICE 警視庁警備部警備第二課装備第四係

集英社文庫

スケートラットに喝采《かっさい》を

2022年5月25日　第1刷　　定価はカバーに表示してあります。

著　者　樹島千草《きじまちぐさ》
発行者　徳永　真
発行所　株式会社　集英社
東京都千代田区一ツ橋2-5-10　〒101-8050
電話　【編集部】03-3230-6095
【読者係】03-3230-6080
【販売部】03-3230-6393（書店専用）

印　刷　凸版印刷株式会社
製　本　凸版印刷株式会社

フォーマットデザイン　アリヤマデザインストア　　マークデザイン　居山浩二

ISBN978-4-08-744390-5 C0193